## Über dieses Buch

Die Wurzeln der Höllen- und Teufelsmärchen sind vielschichtig. Vorchristliche Gottheiten wurden dämonisiert und im wahrsten Sinne des Wortes »verteufelt«. Pferdefuß und Horn, sprichwörtliche Attribute des Teufels, waren ursprünglich dem griechischen Hirtengott beigegeben. Nicht immer jedoch sind die Erscheinungsformen des Teufels durch Hässlichkeit und tierische Züge geprägt. In manchen Märchen tritt er in Schönheit und strahlender Leuchtkraft von Engeln auf. So ist auch das Bild der Hölle in manchen Märchen durchaus positiv dargestellt.

## Über die Herausgeber

Sigrid Früh, Jahrgang 1935, studierte Germanistik und Volkskunde und ist eine der bekanntesten Märchenforscherinnen und Märchenerzählerinnen Deutschlands. In zahlreichen Seminaren und Vorträgen bringt sie Märchen einem breiten Publikum nahe. Sie lebt und arbeitet in Fellbach in der Nähe von Stuttgart. Weitere Informationen unter: www.sigrid-frueh.de

Dr. Wilhelm Solms, Literaturwissenschaftler, war Professor für Germanistik und Kommunikationswissenschaft an der Marburger Universität und ist bekannt durch zahlreiche Publikationen. Von 1989-93 wirkte er als Vizepräsident in der Europäischen Märchengesellschaft und hat darüber hinaus Kongresse ausgerichtet und EMG-Jahresbücher mitherausgegeben. Unter anderem setzt er sich als Vorsitzender der Gesellschaft für Antiziganismusforschung ein.

# Märchen
## von Höllen
## und Teufeln

Herausgegeben von
Sigrid Früh und Wilhelm Solms

KÖNIGSFURT-URANIA

*Bibliographische Information der Deutschen Nationalbibliothek*

*Die Deutsche Nationalbibliothek verzeichnet diese Publikation
in der Deutschen Nationalbibliographie; detaillierte bibliographische
Daten sind im Internet über http://dnb.d-nb.de abrufbar.*

Originalausgabe
Krummwisch bei Kiel 2011

© 2011 by Königsfurt-Urania Verlag GmbH
D-24796 Krummwisch
www.koenigsfurt-urania.com

Umschlaggestaltung: Stefan Hose, Götheby-Holm,
unter Verwendung eines Motivs aus dem »Symbolon Tarot«
Lektorat: Claudia Lazar
Satz: Stefan Hose, Götheby-Holm
Druck und Bindung: CPI Moravia
Printed in EU

ISBN 978-3-86826-024-3

# INHALT

## Der hilfreiche Teufel

# Der überlistete Teufel

❧

## Katja und der Teufel

In einem Dorfe war eine Bäuerin namens Katja. Sie besaß eine Hütte, einen Garten und dazu noch einiges Geld; aber hätte sie ganz in Gold gesteckt, würde sie doch kein Bursche gemocht haben, selbst der ärmste nicht, weil sie schlimm war wie der Teufel und ein böses Maul hatte.

Sie lebte mit einer alten Mutter und brauchte manchmal Hilfe; aber hätte wen ein Kreuzer retten können und sie Dukaten gezahlt, war ihr dennoch niemand beigesprungen, weil sie jeder Kleinigkeit wegen gleich zankte und keifte, dass es zehn Meilen weit zu hören war. Zu alledem war sie garstig, und so blieb sie sitzen, bis sie allmählich vierzig zählte. Wie's meistenteils in Dörfern zu sein pflegt, dass jeden Sonntagnachmittag Musik aufspielt, so war's auch hier; wenn sich beim Richter oder in der Schenke der Dudelsack hören ließ, war die Stube gleich von Burschen voll, im Hausflur und vor dem Hause standen Mädchen, an den Fenstern Kinder. Aber die Erste von allen war Katja. Die Burschen winkten den Mädchen, und die traten dann in die Runde: Katja war solch Glück ihr Lebtag nie widerfahren, obwohl sie den Dudelsackpfeifer vielleicht selbst bezahlt hätte, aber trotzdem ließ sie keinen einzigen Sonntag aus.

Eines Tages geht sie wieder und denkt unterwegs bei sich: »Bin schon so alt und hab noch nie mit einem Burschen getanzt; ist das nicht zum Ärgern? Fürwahr, heut möcht ich meinethalben mit dem Teufel tanzen.«

7

Grimmig kommt sie in die Schenke, setzt sich zum Ofen und schaut zu, wie die Burschen die Mädchen zum Tanze wählen. Auf einmal tritt ein Herr im Jägergewand in die Stube, setzt sich unweit von Katja an den Tisch und lässt sich einschenken. Die Aufwärterin bringt Bier, und der Herr nimmt's und trägt's Katja zu trinken hin. Katja wunderte sich ein Weilchen, dass ihr der Herr solche Ehre erweise; ein Weilchen sträubte sie sich, doch endlich trank sie und zwar gern. Der Herr stellt den Krug hin, zieht aus der Tasche einen Dukaten, wirft ihn dem Dudelsackpfeifer zu und ruft: »Ein Solo!« Die Burschen treten auseinander, und der Herr nimmt sich Katja zum Tanze.

»Ei, zum Kuckuck, wer ist das doch?«, fragen die Alten und stecken die Köpfe zusammen; die Burschen verziehen den Mund, und die Mädchen verkriechen sich, eins hinter dem andern, und nehmen die Schürze vors Gesicht, dass Katja nicht sehe, wie sie lachen. Aber Katja sah niemanden. Sie war froh, dass sie tanzte, und hätte sie die ganze Welt ausgelacht, so würde sie sich nichts daraus gemacht haben. Den ganzen Nachmittag, den ganzen Abend tanzte der Herr nur mit Katja, kaufte ihr Pfefferkuchen und Rosoglio, und als die Zeit zum Nachhausegehen kam, begleitete er sie durchs Dorf.

»Könnt ich doch mit Euch bis zu meinem Ende tanzen wie heut!«, sagte Katja, als sie sich trennen sollte.

»Das kann sein, komm mit mir!«

»Wo wohnt Ihr denn?«

»Häng dich mir um den Hals, ich will dir's sagen.«

Katja tat's, allein in dem Augenblick verwandelte sich der Herr in den Teufel und flog mit ihr gerad zur Hölle. Beim Tor hielt er, klopfte an, die Kameraden kamen, öffneten, und als sie sahen, dass er ganz in Schweiß gebadet war, wollten sie ihm Erleichterung schaffen und Katja herunterheben. Die aber hielt fest wie eine Zange und ließ sich auf keine Weise losreißen: Der Teufel mochte wollen oder nicht, er musste sich mit Katja um den Hals zu Luzifer verfügen.

»Wen bringst du da?«, fragte dieser.

Und da erzählte der Teufel, wie er auf Erden gewandelt und von Katjas Wehklage gehört, dass sie keinen Tänzer bekommen könne, und wie er, um sie zu trösten, mit ihr ein Tänzchen versucht und ihr auf ein Weilchen auch die Hölle habe zeigen wollen. »Ich hab nicht gewusst«, schloss er, »dass sie mich nicht wird loslassen wollen.«

»Weil du ein Dummkopf bist und dir nicht merkst, was ich sage«, bellte der alte Luzifer ihn an. »Bevor du mit jemandem etwas anfängst, sollst du seine Gesinnung prüfen. Hättest du daran gedacht, als du Katja begleitetest, würdest du sie nicht mit dir genommen haben. Jetzt pack dich und sieh, wie du sie loswirst.«

Voll Verdruss trabte der Teufel mit Frau Katja auf die Erde zurück. Er versprach ihr goldene Berge, wenn sie ihn freiließe; er verfluchte sie. Alles umsonst. Müde, in Wut gebracht, kam er mit seiner Last auf einer Wiese an, wo ein junger Schäfer in einem ungeheuren Pelz die Schafe hütete. Der Teufel verwandelte sich in einen gewöhnlichen Menschen, und drum erkannte ihn der Schäfer nicht.

»Freund, wen tragt Ihr denn da?«, fragte ihn gutmütig der Schäfer.

»Ach, Freund, ich atme kaum. Stellt Euch vor, ich gehe ganz ruhig meines Wegs, ohne an etwas zu denken, da hockt sich das Weib mir auf den Hals und will mich um keinen Preis loslassen. Ich hab sie bis ins nächste Dorf tragen wollen, um mich dort von ihr freizumachen; aber ich bin nicht imstande, die Knie schlottern mir.«

»Nu wartet, ich will Euch helfen, aber nicht lange, weil ich wieder weiden muss; die Hälfte des Wegs etwa will ich sie tragen.«

»Ei, da werd ich froh sein.«

»Hörst du, hang dich um mich!«, schrie der Schäfer Katja zu. Kaum hört es diese, ließ sie den Teufel und hing sich um den bepelzten Schäfer. Der hatte nun was zu tragen, Katja und den ungeheuer großen Pelz, den er des Morgens vom Schaffer geliehen hatte. Auch bekam er's bald genug und überlegte, wie er sich Katjas entledigen könnte. Er kommt zu einem Teich, und da fällt ihm ein, ob er sie nicht hineinwerfen könnte. Aber wie? Könnt er den Pelz nicht mit ihr ausziehen? Er war ihm ziemlich weit und so versuchte er allmählich, ob's ginge. Und sieh, er zieht eine Hand heraus, Katja merkt nichts; er zieht die andere heraus, sie merkt noch nichts; er macht die erste Schnur vom Knopfloch los, dann die zweite, dann die dritte, und – plumps! – liegt Katja im Teich samt dem Pelz.

Der Teufel war dem Schäfer nicht nachgegangen, er saß auf der Erde, hütete die Schafe und guckte, wie bald der Schäfer mit Katja kommen würde. Er brauchte nicht lange zu warten. Den nassen Pelz auf der Schulter eilte der Schäfer zur Wiese, da er dachte, der Fremde werde vielleicht schon beim Dorfe sein, und die Schafe würden allein weiden. Als sie sich erblickten, sah einer den andern an, der Teufel, dass der Schäfer ohne Katja komme, und der Schäfer, dass der Herr noch immer dasitze. Nachdem sie sich wiederum begrüßt hatten, sprach der Teufel zum Schäfer: »Hab Dank, du hast mir einen großen Dienst erwiesen, denn ich hätte mich vielleicht mit ihr bis zum Jüngsten Tag schleppen müssen. Nie will ich dir's vergessen und dir's einst reichlich lohnen. Damit du aber wissest, wem du aus der Klemme geholfen, so sag ich dir, dass ich der Teufel bin.« Er sprach's und verschwand.

Der Schäfer blieb eine Weile wie vom Schlag gerührt stehen, dann sagt er zu sich selbst: »Sind alle so dumm als der, so ist's gut!«

Das Land, wo unser Schäfer sich aufhielt, beherrschte ein junger Fürst. Reichtum besaß er in Fülle; da er Herr über alles war, genoss er alles im vollen Maß. Tag für Tag vergnügte er sich nach Herzenslust auf jede mögliche Art, und wenn die Nacht kam, schallte aus den fürstlichen Gemächern der Gesang ausgelassener Zechbrüder. Das Land verwalteten zwei Stellvertreter, die um kein Haar besser waren als ihr Herr. Was nicht der Fürst vertat, behielten die zwei, und so erging's den armen Untertanen übel. Einst, als der Fürst nicht mehr wusste, was er aussinnen solle, rief er seinen Sterngucker und befahl ihm, er solle ihm und seinen zwei Stellvertretern die Zukunft vorhersagen. Der Sterngucker gehorchte und forschte in den Sternen, welch ein Ende die drei nehmen würden.

»Verzeih, oh Fürst«, sprach er, als er fertig geworden, »deinem und deiner Stellvertreter Leben droht solche Gefahr, dass ich mir's nicht zu sagen getraue.« »Sag's nur heraus, sei's, was es sei! Du aber bleibst, und erfüllt sich dein Wort nicht, so kostet es dich den Kopf.«

»Gern unterwerf ich mich deinem Befehl. So hör denn: Bevor der Mond voll wird, kommt zu beiden Stellvertretern der Teufel, und im Vollmond holt er auch dich, oh Fürst, und trägt euch alle drei lebendig in die Hölle.«

»Ins Gefängnis mit dem lügnerischen Wicht!«, gebot der Fürst, und die Diener taten nach seinem Befehl. Im Herzen jedoch war dem Fürsten nicht so zumute, wie er sich stellte; die Worte des Sternguckers hatten Eindruck auf ihn gemacht. Zum ersten Mal rührte sich das Gewissen in ihm. Die zwei Stellvertreter fuhr man halbtot nach Hause: Keiner von ihnen nahm einen Bissen in den Mund, endlich rafften sie alle ihre Habe zusammen, setzten sich auf, machten sich auf ihre Schlösser davon und ließen diese von allen Seiten verrammeln, dass ihnen der Teufel nicht beikommen könnte. Der Fürst bekehrte sich, lebte still und zurückgezogen und begann, das Land selbst zu verwalten in der Hoffnung, sein Schicksal vielleicht doch von sich abzuwenden.

Von diesen Dingen hatte der Schäfer keine Ahnung; er weidete täglich seine Herde und kümmerte sich nicht um das, was in der Welt vorging. Da stand eines Tages plötzlich der Teufel vor ihm und sprach:

»Ich bin gekommen, Schäfer, um dir den Dienst zu vergelten, den du mir erwiesen. Ich soll die gewesenen Stellvertreter Eures Fürsten in die Hölle schaffen, weil sie ihm schlimm geraten und die Armen bestohlen haben. Bis der und der Tag erscheint, geh in das erste Schloss, wo viel Volk versammelt sein wird. Sobald im Schlosse Geschrei entsteht, die Diener die Tore öffnen und ich den Herrn fortschleppe, tritt zu mir und sag: ›Entweiche, sonst wird's dir schlimm ergehn!‹ Ich will dir gehorchen und wandern. Du aber lass dir von dem Herrn zwei Säcke Gold geben, und will er nicht, so droh ihm, dass du mich rufen werdest. Hierauf geh in das zweite Schloss und tu wieder so und begehr die gleiche Zahlung. Mit dem Gelde aber wirtschafte und verwend es nur zum Guten. Bis Vollmond ist, muss ich den Fürsten selbst holen; doch den befreien zu wollen, rat ich dir nicht, sonst müsstest du mit deiner eignen Haut büßen.« So sprach er und entfernte sich. Der Schäfer merkte sich jedes Wort.

Als das Viertel um war, kündigte er seinen Dienst und ging zu dem Schlosse, wo der eine der zwei Stellvertreter wohnte. Er kam gerade recht. Haufen von Leuten standen da und schauten, bis der Teufel den Herrn fortschleppen würde. Da erhebt sich im Schloss ein verzweifeltes Geschrei, die Tore öffnen sich, und der Teufel schleppt den Herrn, der schon totenbleich und eine halbe Leiche ist. Der Schäfer tritt hervor, fasst den Herrn bei der Hand und stößt den Teufel mit den Worten weg: »Pack dich, sonst wird's dir schlimm ergehn!« Und auf der Stelle verschwindet der Teufel, und der hocherfreute Herr küsst dem Schäfer beide Hände und fragt ihn, was er zum Lohne begehre. Als der Schäfer sagte: »Zwei Säcke Gold!«, befahl der Herr, sie ihm sogleich zu geben.

Zufrieden ging der Schäfer zu dem zweiten Schlosse und war dort so glücklich wie im ersten. Es ist begreiflich, dass der Fürst von dem Schäfer bald erfuhr; denn er fragte in einem fort, wie's mit den Stellvertretern stehe. Als er alles vernommen, schickte er nach dem Schäfer einen Wagen mit Pferden, und als er gefahren kam, bat er ihn dringend, er möchte sich auch über ihn erbarmen und ihn aus des Teufels Klauen retten.

»Mein Herr und Gebieter«, antwortete der Schäfer, »Euch kann ich's nicht versprechen, es geht um meine eigne Haut. Ihr seid ein großer Sünder; aber wenn Ihr Euch bessern wolltet, rechtschaffen, mild und weise regieren, wie's einem Fürsten geziemt, so versuch ich's, und sollt ich statt Eurer in die Hölle müssen.«

Der Fürst versprach ernstliche Besserung, und der Schäfer ging mit der Zusage, sich am bestimmten Tage einzufinden.

Mit Furcht und Angst erwartete alles den Vollmond. Wie's die Leute dem Fürsten anfangs gegönnt hatten, so bemitleideten sie ihn jetzt: Denn von dem Augenblicke an, wo er anders ward, konnten sie sich keinen bessern Fürsten wünschen. Die Tage verstreichen, ob sie der Mensch in Freuden oder in Leiden zählt! Eh der Fürst sich dessen versah, war der Tag vor der Türe, wo er sich von allem trennen sollte, was ihm lieb war. Schwarz angekleidet wie zum Grabesgange saß der Fürst und erwartete den Schäfer oder den Teufel. Auf einmal öffnet sich die Pforte, und der Teufel steht vor ihm.

»Mach dich bereit, die Stunde ist abgelaufen, ich komm, um dich zu holen!«

Ohne ein Wort zu sprechen, erhob sich der Fürst und schritt hinter dem Teufel auf den Hof, wo es von Leuten wimmelte. Da drängt sich der Schäfer ganz erhitzt durch die Haufen und gerad auf den Teufel zu und schreit: »Lauf schnell, lauf schnell, sonst wird's dir schlimm ergehn!«

»Wie kannst du dich erdreisten, mich aufzuhalten? Weißt du nicht, was ich dir gesagt?«, raunte der Teufel dem Schäfer zu.

*13*

»Du Narr, mir handelt sich's nicht um den Fürsten, sondern um dich! Katja lebt und fragt nach dir.«

Sobald der Teufel von Katja hörte, war er gleich fort wie weggeblasen und ließ den Fürsten in Ruh. Der Schäfer lachte ihn im Stillen aus und war froh, dass er den Fürsten durch diese List befreit hatte. Dafür machte ihn der Fürst zu seinem ersten Minister und liebte ihn wie seinen eigenen Bruder. Und er tat wohl daran; denn der Schäfer war sein treuer Ratgeber und redlicher Diener. Von den vier Säcken Goldes behielt er keinen Pfennig für sich; er half damit jenen, von denen es die Stellvertreter erpresst hatten.

*Märchen aus der Slowakei*

# DER GRABHÜGEL

E in reicher Bauer stand eines Tages in seinem Hof und schaute nach seinen Feldern und Gärten: Das Korn wuchs kräftig heran und die Obstbäume hingen voll Früchte. Das Getreide des vorigen Jahrs lag noch in so mächtigen Haufen auf dem Boden, dass es kaum die Balken tragen konnten. Dann ging er in den Stall, da standen die gemästeten Ochsen, die fetten Kühe und die spiegelglatten Pferde. Endlich ging er in seine Stube zurück und warf seine Blicke auf die eisernen Kasten, in welchen sein Geld lag. Als er so stand und seinen Reichtum übersah, klopfte es auf einmal heftig bei ihm an. Es klopfte aber nicht an die Türe seiner Stube, sondern an die Türe seines Herzens. Sie tat sich auf und er hörte eine Stimme, die zu ihm sprach: »Hast du den Deinigen damit wohlgetan? Hast du die Not der Armen angesehen? Hast du mit den Hungrigen dein Brot geteilt? War dir genug, was du besaßest, oder hast du noch immer mehr verlangt?«

Das Herz zögerte nicht mit der Antwort: »Ich bin hart und unerbittlich gewesen und habe den Meinigen niemals etwas Gutes erzeigt. Ist ein Armer gekommen, so habe ich mein Auge weggewendet. Ich habe mich um Gott nicht bekümmert, sondern nur an die Mehrung meines Reichtums gedacht. Wäre alles mein eigen gewesen, was der Himmel bedeckte, dennoch hätte ich nicht genug gehabt.«

Als er diese Antwort vernahm, erschrak er heftig: Die Knie fingen an ihm zu zittern, und er musste sich niedersetzen. Da klopfte es abermals an, aber es klopfte an die Türe seiner Stube. Es war sein Nachbar, ein armer Mann, der ein Häufchen Kinder hatte, die er nicht mehr sättigen konnte. »Ich weiß«, dachte der Arme, »mein Nachbar ist reich, aber er ist ebenso hart: Ich glaube nicht, dass er mir hilft, aber meine Kinder schreien nach Brot, da will ich es wagen.« Er sprach zu dem Reichen: »Ihr gebt nicht leicht etwas von dem Eurigen weg, aber ich stehe da wie einer, dem das Wasser bis an den Kopf geht: Meine Kinder hungern, leiht mir vier Malter Korn.«

Der Reiche sah ihn lange an, da begann der erste Sonnenstrahl der Milde einen Tropfen von dem Eis der Habsucht abzuschmelzen. »Vier Malter will ich dir nicht leihen«, antwortete er, »sondern achte will ich dir schenken, aber eine Bedingung musst du erfüllen.«

»Was soll ich tun?«, sprach der Arme.

»Wenn ich tot bin, sollst du drei Nächte an meinem Grabe wachen.«

Dem Bauer ward bei dem Antrag unheimlich zumut, doch in der Not, in der er sich befand, hätte er alles bewilligt: Er sagte also zu und trug das Korn heim.

Es war, als hätte der Reiche vorausgesehen, was geschehen würde, nach drei Tagen fiel er plötzlich tot zur Erde; man wusste nicht recht, wie es zugegangen war, aber niemand trauerte um ihn. Als er bestattet war, fiel dem Armen sein Versprechen ein. Gerne wäre er davon entbunden gewesen, aber er dachte: »Er hat sich gegen dich doch mildtätig erwiesen, du hast mit seinem Korn deine hungrigen Kinder gesättigt, und wäre das auch nicht, du hast einmal das Versprechen gegeben und so musst du es halten.«

Bei einbrechender Nacht ging er auf den Kirchhof und setzte sich auf den Grabhügel. Es war alles still, nur der Mond schien über die Grabhügel, und manchmal flog eine Eule vorbei und ließ ihre kläglichen Töne hören. Als die Sonne aufging, begab sich der Arme ungefährdet heim, und ebenso ging die zweite Nacht ruhig vorüber. Den Abend des dritten Tags empfand er eine besondere Angst, es war ihm, als stände noch etwas bevor. Als er hinauskam, erblickte er an der Mauer des Kirchhofs einen Mann, den er noch nie gesehen hatte. Er war nicht mehr jung, hatte Narben im Gesicht, war von einem alten Mantel bedeckt, und nur große Reiterstiefel waren sichtbar.

»Was sucht Ihr hier?«, redete ihn der Bauer an, »gruselt Euch nicht auf dem einsamen Kirchhof?«

»Ich such nichts«, antwortete er, »aber ich fürchte auch nichts. Ich bin wie der Junge, der ausging, das Gruseln zu lernen, und sich vergeblich bemühte, der aber bekam die Königstochter zur Frau und mit ihr große Reichtümer, und ich bin immer arm geblieben. Ich bin nichts als ein abgedankter Soldat und will hier die Nacht zubringen, weil ich sonst kein Obdach habe.«

»Wenn Ihr keine Furcht habt«, sprach der Bauer, »so bleibt bei mir und helft mir dort den Grabhügel bewachen.«

»Wacht halten ist Sache des Soldaten«, antwortete er, »was uns hier begegnet, Gutes oder Böses, das wollen wir gemeinschaftlich tragen.«

Der Bauer schlug ein, und sie setzten sich zusammen auf das Grab.

Alles blieb still bis Mitternacht, da ertönte auf einmal ein schneidendes Pfeifen in der Luft, und die beiden Wächter erblickten den Bösen, der leibhaftig vor ihnen stand.

»Fort, ihr Halunken«, rief er ihnen zu, »der in dem Grab liegt, ist mein: Ich will ihn holen, und wo ihr nicht weggeht, dreh ich euch die Hälse um.«

»Herr mit der roten Feder«, sprach der Soldat, »Ihr seid mein Hauptmann nicht, ich brauch Euch nicht zu gehorchen, und das Fürchten hab ich noch nicht gelernt. Geht Eurer Wege, wir bleiben hier sitzen.«

Der Teufel dachte: »Mit Gold fängst du die zwei Haderlumpen am besten«, zog gelindere Saiten auf und fragte ganz zutraulich, ob sie nicht einen Beutel mit Gold annehmen und damit heimgehen wollten.

»Das lässt sich hören«, antwortete der Soldat, »aber mit einem Beutel voll Gold ist uns nicht gedient: Wenn Ihr so viel Gold geben wollt, als da in einen von meinen Stiefeln geht, so wollen wir Euch das Feld räumen und abziehen.«

»So viel habe ich nicht bei mir«, sagte der Teufel, »aber ich will es holen: In der benachbarten Stadt wohnt ein Wechsler, der mein guter Freund ist, der streckt mir gerne so viel vor.«

Als der Teufel verschwunden war, zog der Soldat seinen linken Stiefel aus und sprach: »Dem Kohlenbrenner wollen wir schon eine Nase drehen: Gebt mir nur Euer Messer, Gevatter.« Er schnitt von dem Stiefel die Sohle und stellte ihn an den Rand einer halb überwachsenen Grube. »So ist alles gut«, sprach er, »nun kann der Schornsteinfeger kommen.«

Beide setzten sich und warteten, es dauerte nicht lange, so kam der Teufel und hatte ein Säckchen Gold in der Hand. »Schüttet es nur hinein«, sprach der Soldat und hob den Stiefel ein wenig in die Höhe, »das wird aber nicht genug sein.« Der Schwarze leerte das Säckchen, das Gold fiel durch und der Stiefel blieb leer.

»Dummer Teufel«, rief der Soldat, »es schickt nicht: Habe ich es nicht gleich gesagt? Kehrt nur wieder um und holt mehr.«

Der Teufel schüttelte den Kopf, ging und kam nach einer Stunde mit einem viel größeren Sack unter dem Arm.

»Nur eingefüllt«, rief der Soldat, »aber ich zweifle, dass der Stiefel voll wird.«

Das Gold klingelte, als es hinabfiel, und der Stiefel blieb leer. Der Teufel blickte mit seinen glühenden Augen selbst hinein und überzeugte sich von der Wahrheit. »Ihr habt unverschämt starke Waden«, rief er und verzog den Mund.

»Meint Ihr«, erwiderte der Soldat, »ich hätte einen Pferdefuß wie Ihr? Seit wann seid Ihr so knauserig? Macht, dass Ihr mehr Gold herbeischafft, sonst wird aus unserm Handel nichts.«

Der Unhold trollte sich abermals fort. Diesmal blieb er länger aus, und als er endlich erschien, keuchte er unter der Last eines Sackes, der auf seiner Schulter lag. Er schüttete ihn in den Stiefel, der sich aber so wenig füllte als vorher. Er ward wütend und wollte dem Soldat den Stiefel aus der Hand reißen, aber in dem Augenblick drang der erste Strahl der aufgehenden Sonne am Himmel herauf, und der böse Geist entfloh mit lautem Geschrei. Die arme Seele war gerettet.

Der Bauer wollte das Gold teilen, aber der Soldat sprach: »Gib den Armen, was mir zufällt: Ich ziehe zu dir in deine Hütte, und wir wollen mit dem Übrigen in Ruhe und Frieden zusammen leben, solange es Gott gefällt.«

*Märchen der Brüder Grimm*

# Der Stöpselwirt

Er hatte ein schönes Haus und ein schönes Feld, der Stöpselwirt, der da – wir wissen nicht mehr genau, wo – vor alters
lebte und ein Wirtshaus von gutem Rufe sein nannte. Aber der
gute Mann hatte ein zu weiches Herz und konnte keinen Armen
hungern oder dürsten sehen; lieber gab er den letzten Bissen Brot
im Kasten und den letzten Tropfen Wein im Keller her. So kam
es denn endlich wirklich so weit, dass er nicht nur kein Brot und
keinen Wein für sich selbst mehr hatte, sondern auch so in Schulden stand, dass man ihm sein Haus verkaufen und ihn fortjagen
wollte.

Von denen, welchen er Gutes getan, kam keiner, ihm Hilfe oder
Trost zu bieten. Dagegen kam ein anderer, den der wackere Wirt
in seinen guten Tagen nie hatte leiden mögen, der dachte: »Jetzt
wird der Wirt mich willkommen heißen und mir keinen Trost mehr
bieten, denn er hat genug erfahren.« Das war aber der Teufel, der so
dachte, und er sagte zum Wirte: »Ich will dir Geld leihen auf sieben
Jahre, denn dein Unglück dauert mich, du hast es wahrlich nicht
verdient. Aber nach sieben Jahren musst du es mir zurückzahlen
bei Kreuzer und Pfennig, kannst du es nicht oder fehlt auch nur ein
roter Heller daran, so ist mir deine Seele verfallen.« Der Wirt sah
zwar, mit wem er zu tun hatte, allein er dachte: »Die Bedingung
ist ganz vernünftig und billig, denn zurückzahlen müsst ich's den
Menschen auch, nicht bloß dem Teufel, ich will besser hausen.« Er
schlug ein und der Teufel brachte ihm einen großen Sack voll Geld.
Damit bezahlte der Wirt seine Gläubiger, lachte sie aus und setzte
sein Haus in einen noch bessern Stand als zuvor.

Aber der Wirt hauste darum nicht besser. Wie zuvor unter-
stützte er jeden Armen und konnte seinem mitleidsvollen Herzen

keinen Zwang antun. So kam es, dass es ihm bald wieder recht schlecht erging. Fast waren die sieben Jahre abgelaufen und traurig saß er einmal vor dem Hause. »Ist das auch recht«, sagte er zu sich selbst, »dass meine Seele dem Schwarzen gehören soll, weil ich zu wohltätig bin?« Und so spann er seine trüben Gedanken weiter und weiter und bemerkte es anfangs gar nicht, dass drei arm aussehende Wanderer des Weges kamen, bis sie vor ihm standen und ihn um ein Almosen baten. »Gern gäb ich euch Geld und zu essen und zu trinken«, sagte der Wirt, »aber ich hab in meinem Hause keinen roten Heller mehr.«

Die drei Wanderer aber waren unser Herrgott, St. Petrus und St. Johannes; da sagte unser Herrgott: »Du bist ein wackerer Mann, bitte dir drei Gnaden aus.« Und der Wirt antwortete: »Ich möchte gern drei seltene Stücke haben. Dort steht ein Feigenbaum, da möcht ich, dass der, welcher hinaufsteigt, ohne meinen Willen nicht mehr herabkomme. In meiner Stube steht ein Canapé, da möcht ich, dass der, welcher sich darauf setzt, ohne meinen Willen nicht mehr wegkomme. Endlich steht in der Ecke der Stube eine Kiste, da möcht ich, dass der, welcher die Hände hineinsteckt, sie ohne meinen Willen nicht mehr herausziehe.« Da sagte unser Herr: »Wohlan, die drei Stücke sollst du haben, bleib aber auch gut und mildtätig, und es wird dir gut gehen.«

Als die sieben Jahre um waren, schickte der Teufel seinen ältesten Sohn hinauf, das Geld oder die Seele des Wirtes zu holen. Dieser stand gerade vor der Türe, als der Sohn des Teufels kam und sein Geld verlangte. »Das will ich gleich holen«, sagte der Wirt, »du kannst inzwischen dort auf den Feigenbaum steigen und Feigen essen.« Der Sohn des Teufels stieg auf den Baum und aß Feigen, der Wirt ging hinein, kam bald wieder zurück und rief: »Jetzt komm und nimm dein Geld!« Der Sohn des Teufels wollte herabsteigen, aber er konnte nicht und schrie in einem fort: »Ich kann nicht! Ich kann nicht!« »Nun, wenn du nicht kannst«, sagte der Wirt, »so geht's mich weiter auch nichts mehr an und ich trage mein Geld wieder hinein.« Er trug es hinein und kam mit einem Stocke wieder heraus. »Ist das eine Art«, rief er, »auf fremder Leute Bäume zu steigen und dann gar nicht mehr herabkommen zu wollen?« Darauf bläute er den Sohn des Teufels tüchtig durch und ließ ihn laufen.

Als der Teufel gehört hatte, wie es seinem ältesten Sohne ergangen sei, schickte er seinen zweiten Sohn hin. Dieser trat in die Stube, wo der Wirt eben war und sagte: »Gebt mir mein Geld!« Da sagte der Wirt spöttisch: »Willst du nicht auch Feigen essen gehen?« Der Sohn des Teufels aber schrie voll Zorn: »Meinst du, du könnest mich auch hintergehen wie meinen Bruder? Ich bin pfiffiger und steige dir nicht auf den Feigenbaum. Jetzt aber bringe mir mein Geld oder ich führe deine Seele zur Hölle.« Da sprach der Wirt: »Nun, ich will's holen, wart ein wenig und setze dich inzwischen da auf das Canapé.« Der Sohn des Teufels setzte sich nieder, der Wirt aber ging in die Kammer, kam mit dem Gelde und legte es auf den Tisch.

»Da hast du das Geld, jetzt sieh, dass du damit weiter kommst!« Aber der Sohn des Teufels rief kläglich: »Ich kann nicht! Ich kann nicht!« »Nun, wenn du nicht kannst oder nicht willst, scher ich mich auch nicht darum, ich will mein Geld wieder hintragen, wo ich's hergenommen habe.« Er trug das Geld wieder in die Kammer und ließ den Teufel bis spät in die Nacht sitzen. Dann aber sagte er: »Höre, jetzt ist die Stunde, wo alle Leute heimgehen, geh du auch!« Aber der Sohn des Teufels schrie: »Ich kann nicht! Ich kann nicht!« »Wenn du nicht kannst oder nicht willst«, sagte der Wirt, »so will ich wohl ein wenig nachhelfen.« Und er holte wieder den Stock, bläute den Teufel durch, bis er windelweich wurde, und als er glaubte, es sei genug, ließ er ihn laufen.

Als der Teufel davon gehört hatte, kam er selbst in großer Wut zum Wirte und verlangte sein Geld. Der Wirt sagte: »Nun, hab ich's nicht schon Euern beiden Söhnen geben wollen und sie haben es nicht genommen? Möchtet Ihr nicht auch einige Feigen, sie sind so süß?« Der Teufel aber schrie: »Meinst du, du könnest mich auch hintergehen wie meine zwei Söhne? Ich will keine Feigen, sondern mein Geld.« Da sagte der Wirt: »Nun, dann will ich's Euch wohl aufzählen, setzt Euch doch auf das Canapé, Ihr seid gewiss müde.« Aber der Teufel wurde noch zorniger und schrie: „Setze sich auf dein Canapé, wer da will, ich will nur mein Geld!« Da versetzte der Wirt: »Nun, wenn Ihr keine Feigen wollt und vom Wege nicht müde seid, so sollt Ihr das Geld haben; zählt es Euch nur selbst aus jener Kiste heraus, es wird bis auf einige lumpige Kreuzer alles darin sein!«

Da fuhr der Teufel mit großem Ungestüm mit beiden Händen in die Kiste, merkte aber bald, dass er der Betrogene sei. »Nehmt Euch das Geld doch heraus!«, sagte der Wirt. »Ich kann nicht! Ich kann nicht!«, schrie der Teufel und stampfte vor Wut. Der Wirt aber schmunzelte und griff nach dem Stocke. Da erschrak der Teufel und verlegte sich auf das Bitten, indem er versprach, auf das Geld verzichten zu wollen, wenn er ihn freilasse. »Wollt Ihr aber auch für immer und ewig auf meine Seele verzichten und allen Anschlägen auf mich und mein Haus entsagen?«, fragte der Wirt. »Das will ich«, versprach der Teufel. Da ließ ihn der Wirt frei, und der Teufel fuhr mit Gestank von dannen zur Hölle.

Der Wirt aber lebte noch lange Jahre als wackerer Mann; endlich starb er. Er ging zum Himmelstore und verlangte Einlass, aber St. Petrus erkannte ihn nicht mehr oder der Wirt hatte doch etwas verschuldet – kurz, St. Petrus wollte ihn nicht einlassen. Nun ging er zur Hölle, aber die Teufel heulten schon, als sie ihn von weitem sahen und schlugen das Höllentor ihm vor der Nase zu. Da ging er wieder zum Himmelstor und wartete, bis einige fromme Seelen kamen. Als St. Petrus diesen das Tor aufmachte, warf der Wirt seinen Hut hinein und wollte selbst mitgehen, aber St. Petrus hielt ihn zurück. »So lass mich doch meinen Hut holen!«, sagte der Wirt und als St. Petrus dies erlaubte, ging er hinein und stellte sich auf seinen Hut. »Nun steh ich auf meinem Eigen!«, rief er und St. Petrus musste ihn darauf lassen. Und so sitzt er noch heute darauf, gerade neben dem Schmiede von Kumpelbach, und beide sind andächtig versunken in den Anblick der himmlischen Freuden und Seligkeiten.

*Märchen aus Südtirol*

# Die neun Fragen des Teufels

Einen armen Burschen packte die Lust zu heiraten, und er platzte vor seiner Mutter damit heraus, was er im Schilde führte.

»Oh du Nichtsnutz, du unverbesserlicher! Wie kommst du dazu zu heiraten!«, sagte die Mutter höchst aufgebracht. »Schlage dir das aus dem Kopf, werde nur lieber vernünftig und mache dich an die Arbeit.«

»Ob es dir gefällt oder nicht, ich werde heiraten«, sagte der Bursche keck. »Es gehört sich nicht für mich, so herumzusitzen.«

»Das fehlte noch, dass du mir eine junge Frau ins Haus bringst«, sagte die Mutter. »Hier koche und backe und wasche ich, solange ich bei Kräften bin. Sieh dir nur an, wie das freche Frauenzimmer drüben beim Nachbarn mit ihrer Schwiegermutter umgeht! Wie sie die gute Frau ohne jeden Grund beschimpft und in der ganzen Straße verklatscht. Dabei ist sie selbst so voller Fehler wie der Gemüsegarten der Frau Dudás voll Unkraut! Und doch zerreißt sie sich das Maul, die Schwiegermutter sei schuld, obgleich doch das ganze Dorf weiß, dass es nicht so ist. So könnte auch deine Frau mit mir umgehen. Das fehlte mir gerade noch, eine großmäulige junge Frau im Haus, die ständig zetert! Drum sage ich dir, fange mit mir gar nicht wieder davon an, denn du wirst es bereuen, wenn du keine Ruhe gibst.«

Dem Burschen verging die gute Laune, er sah seine Mutter nur groß an und polterte los: »Mach doch kein solches Geschrei, Mutter! Alle Burschen im Dorf, die in meinem Alter sind, haben schon geheiratet. Jetzt bin ich wohl an der Reihe.«

»Du machst mir umsonst große Augen«, sagte die Mutter, immer noch ärgerlich. »Ich weiß nicht, was für ein böser Geist in dich gefahren ist, dass dir die Haut zu eng geworden ist; aber ich sage dir, es wäre besser, wenn du den Mund hieltest.«

»In mich ist kein böser Geist gefahren«, sagte der Bursche schmollend, »es ist einfach an der Zeit, dass ich heirate.«

Und wieder fing die Mutter an: »Nun, wenn du wirklich eine Frau haben willst, dann nimm sie und bringe sie, wohin du willst, meinetwegen in die Hölle, aber in unser Haus – so wahr mir Gott helfe – bringst du sie nicht; eher dreh ich dir den Hals um, als dass ich das erlaube.«

Der Vater des Burschen sagte kein Sterbenswörtchen, denn die Hosen hatte die Frau an.

Der arme Bursche grämte sich sehr. Mürrisch ging er aus dem Haus, kam auch zum Abendessen nicht in die Stube, sondern legte sich im Hof auf ein wenig staubigem Heu zur Ruhe. Er konnte aber die ganze Nacht kein Auge schließen.

Beim Morgengrauen stand er auf und zog los, sich eine Braut zu suchen. Er ging ziemlich traurig und verärgert davon, weil seine Mutter so übel mit ihm umgegangen und ganz außer Rand und Band geraten war, nur weil er heiraten wollte.

Er wanderte mutterseelenallein mit einem leichten Stab und mit leerem Ranzen, denn die Mutter hatte ihm keine Wegzehrung mitgegeben. Er ging durch unbekannte Gegenden, über Berg und Tal, bis er schließlich nach langer, langer Zeit an eine blanke kupferne Brücke kam. Dort blieb er stehen und bewunderte die Brücke, wagte es aber nicht, sie zu betreten. Wie er so dastand, erblickte ihn ein alter Mann mit weißem Bart; der sagte zu ihm: »Geh doch, du armer Bursche, geh und hab keine Angst. Geh aber nur auf den Zehenspitzen über die Brücke, sonst geht es dir an den Kragen, denn diese Brücke nennt man die Teufelsbrücke. Geh also hinüber, aber so, dass deine Stiefel nicht knarren. Bisher sind hier neunundneunzig Menschen umgekommen, weil sie kecken Ganges und nicht fein still hinübergegangen sind. Einmal ist hier ein ganzer Hochzeitszug mit Wagen und Pferden, Bräutigam und Braut umgekommen, weil sie dröhnend und polternd über die Brücke jagten.«

Der arme Bursche scheute sich anfangs, die Brücke zu betreten; er hatte eine solche Angst, dass er am ganzen Leibe zitterte. Da man aber die Brücke von keiner Seite umgehen konnte, fasste er schließlich doch Mut und kam auch glücklich über die kupferne Brücke hinüber, genau so, wie es ihm der Alte mit dem weißen Bart geraten hatte. Kaum hatte er aber auf der anderen Seite zehn oder zwölf Schritte getan, da sprang ein Teufel unter der Brücke hervor und rief ihm zu: »Halt, halt, du armer Bursche! Hab keine Angst, ich möchte nur ein paar Worte mit dir reden.«

Der arme Bursche blieb gleich stehen, erschrak aber so sehr, dass ihm vor Angst der Atem stockte. Der Teufel trat an ihn heran und sprach zu ihm: »Höre, du armer Bursche, ich weiß, weshalb du ausgezogen bist. Ich weiß, dass du heiraten willst, und auch, dass du arm bist. Und weil du so anständig über meine Brücke gegangen bist, mich nicht gestört und mir keinen Ärger verursacht hast wie andere Reisende, will ich dich belohnen, damit du, wenn du deine Braut heimführst, auch fürs Hochzeitsfest aufkommen kannst. Wenn du also mit deiner Braut zurückkommst, dann nimm keinen anderen Weg, sondern komm hier vorbei; dann gebe ich dir, was ich dir geben will. Nun aber geh, von dieser Stelle gerechnet, bis zum neunten Dorf; es heißt Frommdorf. Solltest du den Weg nicht wissen, dann frage nur alle Leute, denen du begegnest, wo Frommdorf liegt, sie werden dir schon Bescheid geben. In diesem Dorf wohnt gleich am Rande ein Bauersmann. Der hat drei Töchter. Freie um die Schönste. Wenn man sie dir nicht gibt, dann um eine andere.«

Der arme Bursche machte sich auf den Weg und rastete nicht, bis er Frommdorf erreicht hatte. Dort ging er in das Haus, in das ihn der Teufel gewiesen hatte. Der arme Bursche wurde freundlich aufgenommen. Die Mädchen ahnten, dass er auf der Brautschau war. Sie umgirrten ihn, zierten sich, verdrehten die Augen und bewirteten ihn mit Eierkuchen. Während sie sich dann unterhielten, rückte der Bursche damit heraus, dass er gekommen sei, weil er eine von den Töchtern zur Frau nehmen möchte, wenn man sie ihm gäbe.

»Welche von den dreien möchtest du denn haben?«, fragte der Vater der Mädchen.

Der Bursche zeigte auf die Jüngste, denn sie war die Schönste, und sagte: »Diese möchte ich haben.«

»Ei, mein Junge«, antwortete der Vater, »und freite gar der reichste Prinz um meine Jüngste, ich gäbe sie ihm nicht, bevor ich nicht die beiden Älteren unter die Haube gebracht hätte!«

»Dann gebt mir meinetwegen die Älteste, wenn es Euch so lieber ist«, sagte der Bursche.

Daraufhin versprachen ihm Vater und Mutter die älteste Tochter. Sie ließen gleich den Geistlichen holen und der traute sie auf der Stelle. Nach der Trauung aßen sie zusammen zu Mittag. Dann machte sich das junge Paar auf den Weg. Als sie an die Teufelsbrücke kamen, gingen sie so fein still hinüber, wie es der Bräutigam getan hatte, als er allein über die Brücke gegangen war. Da sprang der Teufel unter der Brücke hervor und rief: »Halt, ihr da! Jetzt will ich euch geben, was ich versprochen habe.«

Die jungen Leute blieben stehen, und der Teufel trieb neun fette Schweine unter der Brücke hervor und sagte zu dem Bräutigam: »Hier, diese neun Schweine schenke ich euch. Lasst sie schlachten, und aus einem Teil des Kleinzeugs richtet das Hochzeitsmahl. Den Speck von den neun Schweinen aber hängt auf den Boden und geht sparsam damit um. Dir aber, Bräutigam, sage ich nun: Heute in vier Wochen werde ich dich um Mitternacht heimsuchen, und wenn du mir auf meine neun Fragen nicht antworten kannst, verlierst du den Speck von den neun Schweinen und wirst auch noch sonstiges Übel erfahren. Lass dir aber nicht einfallen, dich aus Angst zu verstecken, denn ich hole dich auch vom Meeresgrund herauf. Lass dir das gesagt sein!«

Dem Bräutigam ging diese Rede wie ein Mühlrad im Kopf herum. Nichtsdestoweniger nahmen die beiden die neun fetten Schweine und trieben sie nach Hause, aber nicht ins väterliche Haus, denn die Mutter hatte ja dem Bräutigam gesagt, er solle ihr keine Frau ins Haus bringen. Sie mieteten vielmehr im Dorf ein nettes Häuschen von dem Mitgebrachten der Braut, und da zogen sie ein. Sie ließen die neun fetten Schweine schlachten. Mit dem Kleinzeug von zweien bereiteten sie das Festmahl, und den Speck von den neun Schweinen hängten sie auf den Boden. Dann gingen sie an die Feldarbeit.

Als die vier Wochen nach der Hochzeit um waren, bekam es der Bräutigam mit der Angst. Der Gedanke an die neun Fragen des Teufels, die er vielleicht nicht würde beantworten können, beunruhigte ihn sehr. Während er sich so abhärmte, kam ein schrecklich zerlumpter, wie ein Bettler aussehender Fremder und bat um Unterkunft für die Nacht. Sie nahmen ihn auf und gaben ihm auch ein gutes Abendessen. Dann legte sich der Fremde neben den Ofen, und als er da in der Asche lag, fragte er den Bräutigam, warum er so traurig sei, während doch Jungvermählte meistens gut gelaunt seien.

»Ich habe Sorgen, große Sorgen«, sagte der junge Mann. »Schweres steht mir bevor, denn ich soll heute auf neun Fragen antworten. Wenn ich nur wüsste, was für Fragen das sind, dann sähe alles anders aus. Ich würde mich längst nicht so grämen. Das Schlimmste ist ja gerade, dass ich nicht weiß, um was für Fragen es sich handelt. Und wenn ich sie nicht beantworten kann, wird es mir übel ergehen.«

»Deswegen brauchst du dich kein bisschen zu grämen«, sagte der Bettler neben dem Ofen. »Überlass mir die ganze Sache. Du sei ganz still und sprich kein Wort. Ich werde an deiner statt alle Fragen beantworten.«

Das tröstete den jungen Mann einigermaßen. Er ging mit seiner Frau zu Bett; einschlafen aber konnten sie beide nicht. Sie wälzten sich hin und her vor Sorge, was nun wohl kommen würde.

Als sie so ruhelos dalagen, klopfte es um die Mitternachtsstunde ans Fenster. Draußen stand der Teufel und rief mit lauter Stimme:

»Schläfst du, Bauer?«

»Ich schlafe nicht«, antwortete an Stelle des Bauern der Bettler neben dem Ofen.

»Traust du dir zu, meine neun Fragen zu beantworten?«, fragte der Teufel weiter.

»Das trau ich mir zu«, sagte der Bettler.

»Nun, und wenn ich zuallererst frage: Wovon gibt es immer nur eins auf der Welt?«

»Es gibt einen Gott im Himmel, eine Sonne am Himmel, und jeder Mensch hat nur einen Kopf«, antwortete der Bettler.

Nun fragte der Teufel: »Kannst du etwas auf ›zwei‹ sagen?«

»Wer zwei gesunde Augen hat, ist glücklich, weil er alles unter der Sonne klar sehen kann.«

»Was kannst du auf ›drei‹ sagen?«

»Ein Haus mit drei Fenstern ist innen ziemlich hell.«

»Lass hören, was du auf ›vier‹ zu sagen hast.«

»Vier Räder an einem Wagen sind gerade genug, mehr sind nicht nötig.«

»Nun sag etwas auf ›fünf‹.«

»Fünf Finger genügen, um den Knauf eines Säbels zu fassen.«

»Sag etwas auf ›sechs‹.«

»Wer sechs gute Ochsen hat, mag pflügen, säen, eggen und Holz einfahren ohne fremde Hilfe.«

»Ich glaube nicht, dass du etwas auf ›sieben‹ zu sagen weißt.«

»Wer sieben Töchter hat, dem mag der Kopf schwirren, bis er alle sieben an den Mann gebracht hat.«

»Nun sag etwas auf ›acht‹.«

»Wer acht Fuder Weizen in der Tenne hat, ist nicht auf anderer Leute Gnade angewiesen.«

»Was sagst du zuletzt auf ›neun‹?«

»Wer Speck von neun Schweinen auf dem Boden hat, braucht den Nachbarn nicht um Schmalz zu bitten.«

Der Teufel staunte über die passenden Antworten, denn er glaubte, es sei der Bauer gewesen, der ihm geantwortet hatte, und darum sagte er: »So bleib denn ungeschoren; ich sehe, du weißt mehr als ich.«

Und damit ging er dahin, woher er gekommen war. Der junge Bauer bewirtete am nächsten Morgen den Bettler mit Speise und Trank und schenkte ihm überdies einen feinen Schinken, Haxen und noch anderes. Er gab es aus frohem Herzen, denn der Bettler hatte ihn ja vor großem Kummer bewahrt. Die jungen Leute aber stellten sich so fleißig an, dass sie sich in kurzer Zeit einen hübschen Hof schaffen und sich ein Haus bauen konnten. Und die junge Frau half auch ihrer Schwiegermutter, als diese hinfällig wurde, und sie bäckt noch heute Palatschinken, wenn der Speck inzwischen nicht alle geworden ist.

*Märchen aus Ungarn*

# Von der Königstochter, die dem Teufel verfallen war

E s lebte einmal ein König, der hatte einen Sohn namens Karl. Als der Königserbe herangewachsen war, sprach der Vater zu ihm: »Es ist Zeit, dass du dir eine Frau suchst, denn es wird nicht mehr lang dauern, dann musst du mein Nachfolger werden.« Karl gehorchte seinem Vater und begab sich auf Brautfahrt. Er kam auf seiner Wanderung durch viele Königreiche, doch nirgends fand er eine Prinzessin, die er hätte lieb gewinnen können.

Als er allein nach Hause zurückkehrte, sagte sein Vater: »Wenn du keine Braut findest, so muss ich dir eine aussuchen«, ging mit ihm zu einem berühmten Maler und ließ sich dort die Bilder vieler Königstöchter zeigen. Wirklich fand er unter allen auch eine, deren Anblick sein Herz erfreute. »Die hier möchte ich haben«, rief er aus, »die gefällt mir!«

»Gerade diese kannst du niemals freien«, entgegnete sein Vater, »schon viele Prinzen sind um sie ausgezogen, doch alle haben dabei das Leben verloren.« Karl aber empfand sogleich solche Liebe zu der wunderschönen Prinzessin, dass er keine andere heiraten wollte. Und weil sein Vater damit nicht einverstanden war, ward sein Gemüt so bedrückt, dass er schwer erkrankte. Ein halbes Jahr lang lag er darnieder und wurde immer schwächer und schwächer. Eines Tages kam von weit her ein berühmter Arzt an sein Lager, der betrachtete den Kranken und sagte dann zum König: »Für deinen Sohn gibt es keine Rettung mehr, es sei denn, du lässt ihn auf Brautfahrt zu der schönen Königstochter ziehen, die er so lieb hat!«

»Wenn er daheim auch sterben müsste«, dachte der Herrscher, »dann soll er die Fahrt wagen.«

Kaum hatte der Jüngling erfahren, dass ihm sein Vater erlaube, um die Königstochter zu werben, so besserte sich sein Befinden, und es dauerte nicht lange, bis er gänzlich gesundet war.

Sogleich rüstete er für die Reise, steckte sich reichlich Geld ein und zog, begleitet von einem Reitburschen, hoch zu Ross in die Ferne. Am zweiten Tag kamen sie durch einen großen Wald und fanden dort ein Einkehrgasthaus. Neben dem Tor war ein Glockenzug, und über dem Eingang stand geschrieben: Wer anläutet, muss drei Tage hier verweilen! Am ersten Tag muss er bei der allgemeinen Tafel speisen, das kostet sechs Dukaten. Am zweiten Tag isst er an der silbernen Tafel, das kostet zwölf Dukaten. Am dritten Tag aber speist er am goldenen Tisch für vierundzwanzig Dukaten. Da Karl genug Geld besaß, läutete er an, und sogleich kam ein Mann, ließ ihn ein und fragte, ob er wohl gelesen habe, was über dem Tor stehe. »Ja«, antwortete der Königssohn, »ich habe es gelesen und werde es befolgen.« Dann stieg er ab und ging hinter dem Wirt in die Stube, sein Reitbursche aber führte die Pferde in den Stall.

Sobald der Bursch in den Stall eintrat, erhielt er einen Schlag ins Gesicht, dass er nicht ein und aus wusste. Er fasste sich indes wieder und führte die Rosse zur Raufe, um sie zu füttern und zu tränken. Beim Hinausgehen erhielt er aber in der Stalltür einen so heftigen Schlag, dass er schier schwindlig wurde. In der Gaststube erzählte er dem Königssohn davon und sprach: »Ich gehe nimmer in den Stall!« Am nächsten Tag musste sich daher Karl zur Fütterungszeit selbst um die Pferde kümmern, doch es erging ihm nicht besser als seinem Reitburschen. Auch er erhielt einen heftigen Hieb ins Gesicht, und beim Hinausgehen traf ihn der zweite Schlag.

»Was ist hier los?«, fragte er im Gastzimmer, »wieso bekommt jeder Schläge, der in den Stall geht?«

»Das macht ein Handwerksbursch, der nicht zahlen konnte, weshalb er sein Leben lassen musste«, entgegnete der Wirt, »wir haben ihn unter der Stalltür begraben.«

»Und was kostet es, wenn ich ihn ausgraben und hinten im Blumengarten beerdigen lasse?«

»Vierundzwanzig Dukaten!«

Da drückte Karl seinem Gastgeber das Geld in die Hand und ließ den Handwerksburschen in Ehren bestatten. Von jetzt ab war bei der Stalltür Ruhe und Frieden.

Am dritten Tag ließ der Königssohn den Wirt kommen und beglich die Rechnung, die für beide vierundzwanzig Gulden ausmachte. Beim Zahlen beobachtete der Reitbursch, dass Karl noch mehr Geld habe, und die Habgier erwachte in ihm. Als sie nun zu zweit durch den Wald ritten, musste er immer wieder an den Reichtum denken, den sein Herr bei sich trug. Schließlich zog er die Pistole und schoss sie hinterrücks auf den Prinzen ab, verfehlte aber sein Ziel und tötete nur das Ross. Da wendete sich der Königssohn gegen den ungetreuen Begleiter und streckte ihn mit einem Schuss nieder. Dann bestieg er dessen Pferd und zog allein weiter. Als er eine Weile einsam geritten war, hörte er auf einmal Jodeln und Pfeifen, und bald holte er einen Handwerksburschen ein, hielt neben ihm an und fragte: »Warum bist du so gut aufgelegt?«

»Warum soll ich nicht so gut aufgelegt sein? Die Welt ist ja so schön«, entgegnete der Fremde. Das gefiel dem Prinzen, und deshalb sagte er: »Wenn du Lust hast, kannst du mein Reitbursch werden, so einen wie dich könnte ich gut gebrauchen!« »Mir ist es recht, ich heiße Eduard und will gerne mit dir reisen«, entgegnete der andere.

Weil sie aber nur ein Ross hatten, wechselten sie ab; einmal ritt der Prinz und sein neuer Reisegefährte schritt neben ihm her, dann wieder ging der Königssohn zu Fuß und lieh dem Burschen das Ross. Als sie endlich zu einer Ortschaft kamen, kaufte Karl seinem neuen Reitburschen ein Pferd, und von jetzt ab ging es wieder rascher vorwärts. Nach langer Zeit erreichten sie die Stadt, in der die gesuchte Prinzessin lebte. Sie ritten sogleich hinauf zum Schlosse, die Wache führte den Königssohn hinein, und der Reitbursch versorgte die Pferde.

Es war gerade um die Mittagszeit, als sie ankamen, und so wurde Karl zur Tafel geladen. Die Mahlzeit dauerte lange, als sie aber zu Ende kamen, nahm die Prinzessin, die neben ihm gesessen hatte, das Wort und sagte: »Jetzt will ich dir ein Rätsel aufgeben. Wenn du es löst, ist dir dein Leben geschenkt, wenn nicht, bist du verloren!« Dabei zog sie einen Löffel aus der Tasche und reichte ihn dem Königssohn. »Schau dir den Löffel gut an«, sprach sie, »du musst ihn mir morgen beim Mittagstisch wieder vorweisen!« Dann aber nahm sie den Löffel, wies ihn den Ministern vor, die an der Tafel saßen, damit sie ihn ebenfalls genau betrachten konnten, und steckte ihn wieder zu sich.

Als die Tafel aufgehoben wurde, führte die Prinzessin ihren Gast ins Freie. Sie zeigte ihm drei Gärten, im ersten stand ein großer Kübelwagen, im zweiten wuchsen viele wunderbare Blumen, im dritten aber erblickte Karl zwölf eiserne Stangen und ein Gartenhäuschen. Auf elf der Stangen aber steckte ein Menschenkopf – von den Prinzen, die vor ihm ausgezogen waren, die Rätsel zu lösen – nur die zwölfte Stange war noch leer. »Siehst du«, sprach die Prinzessin, »auf diese letzte Stange kommt dein Kopf, wenn du deine Aufgabe nicht zu lösen vermagst.«

Dem armen Karl wurde angst und bange zumute, aber er sagte nichts darauf. Die Prinzessin führte ihn jetzt weiter zu dem Gartenhäuschen, öffnete und ließ ihn hineinsehen. Als er in das Zimmer schaute, gab sie ihm einen Stoß, dass er hineinstürzte, und sperrte hinter ihm ab.

Nun saß er in seinem Gefängnis und wusste nicht, was er tun sollte. Er überlegte hin und her, wie er die Aufgabe dennoch erfüllen könne, doch es fiel ihm nichts ein. Als es Abend wurde, kam der gute Eduard zu seinem Herrn und fragte ihn, warum er so traurig sei. »Meine letzte Stunde hat wohl geschlagen«, sprach der Prinz bedrückt. Dann erzählte er seinem Begleiter, wie es um ihn stand und dass er bis zum nächsten Mittag den Löffel vorweisen müsse. »Sorge dich nicht«, sagte sein Reitbursch, als er ihn angehört hatte, »bis morgen Mittag werde ich dir den Löffel bringen!« Karl konnte jedoch diesen Worten keinen Glauben schenken und ward seinen Kummer nicht los. Der Reitbursch sprach ihm indes Mut zu und plauderte mit ihm noch bis eine Stunde vor Mitternacht; dann war er plötzlich verschwunden.

Die Prinzessin war aber dem Teufel verfallen und verließ um elf Uhr nachts ihr Gemach, ging in den ersten Garten und setzte sich in den Kübelwagen. Eduard beobachtete das und hockte sich hinten auf, ohne dass sie ihn bemerkte. Sogleich kam der Wagen in Bewegung, fuhr von selbst in die hintere Gartenecke und versank dort unter die Erde, ganz langsam, bis sie in der Hölle unten waren. Dort wartete Luzifer schon auf die Prinzessin, und als er sie kommen sah, rief er sogleich: »Hast du eine Seele für mich?«

»Ja«, antwortete sie, »ich glaube, ich werde eine bekommen.«

»Was für ein Rätsel hast du ihm aufgegeben?«, fragte Luzifer weiter. Da zog die Prinzessin den Löffel heraus, hielt ihn dem Teufel hin und meinte: »Diesen Löffel muss er mir morgen zu Mittag bei der Tafel vorweisen, und wenn er das nicht kann, muss er sterben.«

»Gib her« sprach der Teufel, nahm den Löffel und warf ihn in das höllische Feuer. Der gute Eduard aber, der alles mit angesehen hatte, zog den Löffel rasch heraus und steckte ihn ein. Und weil er ein guter Geist war, sah ihn dabei nicht einmal der Teufel.

Die Prinzessin blieb noch eine Weile bei Luzifer, um Mitternacht aber sagte der: »Verschwind aus der Hölle, sonst schlinge ich dich unter das Feuer!«

Da bestieg sie wieder ihren Kübelwagen, Eduard hockte geschwind hinten auf, und schon setzte sich das Fahrzeug in Bewegung, stieg höher und höher, bis sie oben im Garten waren. Dort blieb der Wagen stehen, die Prinzessin stieg aus, und auch Eduard ging schlafen.

Am nächsten Morgen erhob sich der Reitbursche, versorgte die Rosse und ging nach dem Frühstück zu Karl in den Garten. Der wartete schon mit Sorge auf ihn und war nicht wenig verwundert, als ihm sein Helfer den Löffel reichte. Er besah diesen genau und erkannte, dass es der gleiche war, den die Prinzessin am Vortage gezeigt hatte. Erleichtert steckte er den Löffel ein und hatte nun schon ein wenig Hoffnung, mit dem Leben davonzukommen.

Als es Mittag wurde, kam die Prinzessin, ließ den hungrigen Karl aus seinem Gefängnis und nahm ihn zur Tafel. Dort saß schon der König mit allen Ministern, und der Koch trug die Speisen auf. Karl setzte sich mit hin und aß sich zuerst richtig satt. Als er fertig war, verlangte die Königstochter von ihm, dass er den Löffel vorweise, den sie ihm am Vortage gezeigt hatte. Er war aber nicht weiter verlegen, sondern zog den Löffel aus der Tasche und gab ihn ihr. Da erbleichte sie, weil sie erkannte, dass er wirklich die Aufgabe gelöst hatte, und ließ den Löffel reihum gehen, damit es alle sehen konnten.

»Dieses Rätsel hast du erraten«, sprach sie, »aber wenn du das nicht löst, das ich dir jetzt aufgebe, hast du trotzdem dein Leben verwirkt! Du musst mir bis morgen Mittag vierundzwanzig verschiedene Speisen kochen, und alle müssen nach meinem Wunsche sein!« Dann ging sie wieder mit Karl in den Garten hinaus und sperrte ihn wie am Vortage ein.

Jetzt wurde dem armen Prinzen aber erst recht bange, denn er hatte noch nie im Leben gekocht, und schon gar nicht wusste er, was ihr Wunsch war. Den ganzen Nachmittag überlegte er hin und her, doch es fiel ihm nichts Gescheites ein. Am Abend kam aber wieder sein getreuer Eduard zu ihm, und als der sah, wie verzweifelt Karl war, fragte er ihn um die Ursache. »Zuerst ist es mir gut gegangen, weil ich den Löffel vorweisen konnte, aber dann hat mir die Königstochter eine noch viel schwerere Aufgabe als gestern gestellt«, seufzte er. Als er davon erzählte, sagte Eduard tröstend: »Mach dir nichts daraus! Morgen zu Mittag, wenn dich die Prinzessin zum Essen holt, werde ich im zweiten Saale stehen, durch den sie dich führt, und dort auf dich warten. Sobald du mich siehst, geh auf mich zu, dann wird alles gut werden.« Darauf plauschten sie noch miteinander, doch um elf Uhr war Eduard verschwunden.

Er ging in den ersten Garten zurück und kam gerade zurecht, um sich hinten auf den Kübelwagen zu setzen. Wie in der vorigen Nacht begann der Wagen zu fahren und versank in der Gartenecke in die Hölle. Als sie unten ankamen, schrie Luzifer wieder: »Hast du eine Seele für mich?«

»Ja«, antwortete die Prinzessin, »ich glaube, ich werde eine bekommen. Das erste Rätsel hat er zwar erraten, aber auf das zweite soll er mir nicht kommen!«

»Und was hast du ihm jetzt aufgegeben?«, fragte Luzifer. Da erzählte ihm die Prinzessin, dass sie am nächsten Mittag vierundzwanzig Speisen fordere, die alle nach ihrem Geschmack sein müssten. Der gute Eduard stand wieder in der Nähe, hörte alles mit an und merkte sich auch genau, was für Speisen die Prinzessin aufzählte. Diese unterhielt sich wieder mit dem Teufel, doch der schrie diesmal schon eine Viertelstunde vor Mitternacht: »Verschwind aus der Hölle, sonst schling ich dich unters Feuer hinein!« Darauf bestieg die Königstochter den Kübelwagen, Eduard hockte sich rasch hinten auf, und empor ging es auf die Erde. Im Garten fuhr der Wagen wieder an seine Stelle, hielt dort an, und die Prinzessin ging heim in ihr Himmelbett schlafen.

Am nächsten Morgen verrichtete der Reitbursch zuerst seine Arbeit, dann suchte er seinen Herrn auf und sagte zu ihm: »Du musst mir nur folgen, dann wird alles gut gehen!« Karl vertraute ihm jetzt ganz. Während ihn die Prinzessin durch den Saal führte, riss er sich von ihr los und ging auf Eduard zu, der schon bei der Türe wartete. Der Bursch nahm ihn mit in die Küche, dort waren schon die vierundzwanzig Speisen vorbereitet, so dass der Prinz sie nur auftragen musste. Als die Königstochter jetzt von den Speisen kostete, waren es die richtigen, und sie schmeckten ganz so, wie sie es haben wollte. Da freute sich der König sehr, und auch die Minister waren froh, denn ihnen gefiel der fremde Königssohn, und sein Jammer erbarmte sie.

Nach der Tafel aber sagte die Prinzessin zu ihm: »Gut, zwei Rätsel hast du erraten. Aber jetzt will ich dir die dritte und schwerste Aufgabe stellen, und wenn du sie erfüllst, so ist dir dein Leben für immer geschenkt. Du kannst mich heiraten und König werden!«

»Wie heißt nun das dritte Rätsel?«, fragte darauf Karl, und sie antwortete: »Morgen zu Mittag sollst du mir sagen, woran ich heute Nacht zwischen elf und zwölf Uhr riechen werde!«

»Ach Gott«, dachte der Prinz kummervoll, »wie kann ich das erfahren?« Aber er war nicht mehr so verzagt wie das erste Mal, denn jetzt vertraute er schon auf seinen Reitburschen.

Sobald ihm die Königstochter das vor allen Zeugen an der Tafel gesagt hatte, führte sie ihn wieder in den Garten und sperrte ihn in dem Häuschen ein. Dort saß er nun und wartete auf seinen Helfer. Der kam am Abend daher und ließ sich erzählen, was die Prinzessin diesmal gefordert hatte. Dann tröstete er den besorgten Karl und sagte zu ihm: »Du musst keine Angst haben, ich werde diese Nacht auf die Prinzessin achten und alles bemerken, was sie tut!« Sie plauderten noch wie an den Vorabenden, doch um elf Uhr verschwand der Helfer wieder unversehens.

Eduard traf die Prinzessin schon im Garten an, er hockte sich rasch hinten auf den Kübelwagen, und da begann dieser auch schon zu fahren. Wieder kamen sie in die Hölle hinab, und Luzifer schrie: »Hast du eine Seele für mich?«

»Nein«, antwortete die Königstochter, »diesmal noch nicht. Ich weiß nicht, wie das zugeht, dass er alle zwei Rätsel erraten hat! Aber das dritte soll er nicht erraten. Ich habe ihm aufgegeben, mir morgen bei der Mittagstafel zu sagen, woran ich nachts von elf bis zwölf Uhr riechen werde.«

»So riech an meiner Achselhöhle«, sagte darauf Luzifer, und die Prinzessin tat nach seinem Befehl. Diese Nacht hatte sie nur eine halbe Stunde Zeit, in der Hölle zu bleiben, und schon um halb zwölf schrie Luzifer: »Verschwind aus der Hölle, sonst schlinge ich dich unter das Feuer!« Da stieg sie rasch in den Wagen, Eduard hockte hinten auf, und zurück ging es in den Garten, wo der Wagen von selbst wieder stehen blieb.

Als der Reitbursche am nächsten Tag zu Karl kam, wartete der schon gespannt auf die Nachricht und war recht neugierig zu erfahren, was sein Helfer herausbekommen hatte. Eduard erzählte ihm alles genau, und jetzt hegte der Prinz schon die bestimmte Hoffnung, am Leben zu bleiben und die Königstochter zu erlösen.

Wieder wurde er zum Mittagessen geholt. Als die Mahlzeit zu Ende war, fragte ihn die Prinzessin mit lauter Stimme: »Nun sage mir, woran ich heute zwischen elf und zwölf Uhr gerochen habe!« Wie erstaunten aber alle, als Karl entgegnete: »An der Achselhöhle Luzifers hast du gerochen!«

Damit war das dritte Rätsel gelöst und die Königstochter aus der Gewalt des Teufels befreit. Der König setzte sogleich die Hochzeit an, und nach dem Fest fuhr Karl mit seiner schönen Gemahlin in die Heimat. Dort empfing ihn sein Vater mit großen Freuden, denn er hatte sehr um das Leben seines Erben gebangt.

Ein halbes Jahr verging, sie lebten glücklich und zufrieden, auch der gute Eduard, der als Kutscher diente und in Ehren gehalten wurde. Einmal fuhren sie zu dritt aus, der junge König und die Königin saßen hinten im Wagen und Eduard vorn auf dem Bock. Nach einer Weile kamen sie in einen Wald, und als sie mitten darin waren, hielt Eduard plötzlich an und sprach: »Mein König, ich kann dich jetzt nicht mehr weiter führen, denn meine Zeit ist um. Ich habe dir viel Gutes getan, habe dir zur Prinzessin verholfen und sie vom Teufel erlöst. Jetzt musst du mir eine Gefälligkeit erweisen: In einem Jahr, am selben Tag und zur selben Stunde, musst du wieder an dem Ort hier sein und musst dein halbes Vermögen mit mir teilen. Wenn du das nicht tust, wirst du nie glücklich werden.« Karl sagte ihm bereitwillig zu, und der gute Eduard verschwand vor seinen Augen.

Die Zeit verstrich, und nach einem weiteren halben Jahr gebar die junge Königin einen kleinen Prinzen. Das Kind war wohl geraten, hatte jedoch einen schwarzen Fleck auf der Stirn.

Als die Zeit aus war und der Tag nahte, an dem Karl sein Vermögen teilen sollte, ließ er aus der Schatzkammer so viel Gold und Silber auf den Wagen laden, dass er glaubte, es sei die Hälfte seines Vermögens. Er selbst setzte sich vorn zum Kutscher, die junge Königin fuhr auch mit, und zufällig hatten sie auch den kleinen Prinzen bei sich. Sie kamen ein wenig zu früh zu der Stelle, an der sie der gute Eduard erwarten wollte, und mussten sich eine Weile gedulden. Zur richtigen Zeit aber stand auf einmal Eduard vor ihnen, und der junge König zeigte ihm sogleich, was er an Gold und Silber mitgebracht hatte: »Hier ist die Hälfte meines Vermögens«, sprach er, »ich hoffe, es wird dir so recht sein.«

»Nein«, entgegnete Eduard, »ich will nicht nur die Hälfte deiner Schätze, sondern die Hälfte von deinem ganzen Hab und Gut.«

»Ich habe aber sonst nichts«, antwortete Karl. »Wohl«, sagte Eduard, »du hast noch etwas, was dir lieber ist als alles Geld und Gold«, und dabei zeigte er auf den kleinen Prinzen. Da verstand der junge König erst, was sein getreuer Helfer meinte, und sprach erschrocken: »Das kannst du nicht verlangen, dass ich mein Kind mit dir teile!«

»Wenn du es nicht tust, wirst du nie glücklich werden«, antwortete Eduard. »Wer bist du eigentlich, dass du das von mir verlangen kannst?«, fragte Karl betroffen. »Ich bin der Handwerksbursch, den du hast ausgraben und in dem Blumengarten beerdigen lassen. Du hast mir damit zu meiner Ruhe verholfen, und darum habe ich auch dir geholfen. Jetzt aber will ich dir zum letzten Mal helfen, und deshalb musst du mir dein Kind geben!« Daraufhin übergab Karl dem anderen den Prinzen, und Eduard hieß ihn, den Knaben an einem Fuß zu fassen. Er selber packte den anderen Fuß, und so rissen sie das Kind in der Mitte entzwei. Da flog aus ihm ein schwarzer Vogel heraus, und Eduard fügte den Knaben wieder zusammen, der sogleich auflebte; der schwarze Fleck auf der Stirn aber war verschwunden.

»So«, sprach jetzt Eduard, »nun habe ich auch deinen Prinzen vom Teufel erlöst; ich will nichts mehr von dir, und du brauchst mich auch nicht mehr, denn jetzt kannst du auf immer glücklich sein!«

Dann verabschiedete sich der getreue Helfer und war verschwunden. Der junge König fuhr voll Freuden mit den Seinen nach Hause. Er lebte glücklich und zufrieden, und wenn sie nicht gestorben sind, meine ich, leben sie wohl heute noch.

*Märchen aus der Steiermark*

# Der Teufel im Fasshahnen

E ine Prinzessin, die Tochter des mächtigsten Kaisers, war in die Jahre gekommen, da sie sich vermählen konnte, und ihr Vater wünschte, dass sie sich einen Gatten wähle. Es erschienen auch wirklich viele Prinzen und andere vornehme Herren am Hofe und warben um die Hand der schönen Prinzessin. Diese war aber eine leidenschaftliche Tänzerin und wollte keinen anderen zum Gemahl nehmen als den, der sie im Tanzen überträfe. Sie selbst tanzte so schön, aber auch so rasend, dass keiner, der es mit ihr wagte, so lange aushielt wie sie. Mancher Fürstensohn fiel tot im Saale nieder, mancher verließ lungensüchtig den Hof, und viele hohe Herren zogen heimlich wieder davon, wenn sie sich überzeugt hatten, wie furchtbar die schöne Kaiserstochter tanzte.

Monate waren vergangen, und noch immer sah der Kaiser seine Tochter unverheiratet. Deshalb ließ er in seiner Hauptstadt und im ganzen Lande öffentlich bekannt machen, jeder, welcher sich getraue, seine Tochter im Tanzen zu übertreffen, solle sich melden, und der erste, dem sie sich ergebe, solle sie zur Frau bekommen, er möge sein, wes Standes er wolle. Daraufhin versammelten sich wieder viele große Herren, auch allerlei Leute, hoch und nieder, am kaiserlichen Hof, und jeder gedachte die schöne Prinzessin im Tanz zu übertreffen. Der Kaiser ließ also wieder ein großes, prachtvolles Fest veranstalten, welches viele Tage dauern und wobei jeden Abend beim Scheine von viel tausend Lichtern und Fackeln getanzt werden sollte.

Viele hatten sich bereits müde und krank oder gar tot getanzt, und noch immer war die Prinzessin unübertroffen. Da drängte sich plötzlich durch die festlichen Reihen ein unbekannter Fremdling, welcher mit der Prinzessin zu tanzen verlangte. Sie bekam, als sie ihn sah, Abscheu vor ihm und weigerte sich, mit ihm zu tanzen; der Kaiser aber, welcher sehr gerechtigkeitsliebend war, nötigte sie, und bald sah man die Prinzessin mit dem Fremden so toll im Saal umhertanzen, dass man bald merkte, die tanzwütige Kaiserstochter habe nunmehr ihren Meister gefunden. Wirklich rief sie auch nach einiger Zeit um Hilfe, weil sie erschöpft und dem Tode nahe war und ihr Tänzer sie durchaus nicht loslassen wollte. Jetzt erhob sich der Kaiser und befahl dem Fremden einzuhalten, dieser aber kehrte sich wenig daran und schwang seine Tänzerin immer noch mit sich den ganzen Saal entlang, auf und ab, bis ihr der Atem ausging und ihr die Füße versagten. Nun warf er sie ohnmächtig zu den Füßen des Kaisers am Throne nieder und sagte höhnisch: »Nimm hier deine Tochter! Ich könnte sie mir nach meinem Rechte wohl nehmen, aber ich bin kein Freund von so armseligem Plunder. Das Unheil rechne dir selber zu, alter Tor, warum hast du der Laune deines Kindes keinen Zügel angelegt! Vor dem tollen Rasen aber, das deinen Palast bis jetzt erfüllt hat, will ich Ruhe schaffen für ewige Zeiten. Du und deine Tochter und dein ganzer Hof, dein Palast und die ganze Stadt mit allem, was darin lebt, sollen in Stein erstarren. So lange wird über euch allen der Zauber liegen, bis einer kommt und mich überwindet.«

Als der Teufel, denn kein anderer war der Fremde, so sprach, ergriff den Kaiser und alle anderen ein solcher Schrecken, dass ihr Blut gerann und sie zu Stein erstarrten; auch die Prinzessin lag versteinert zu den Füßen des alten Kaisers am Throne. Über den ganzen Palast und die volkreiche Stadt erging der steinerne Bann, so dass weit und breit sich nichts mehr regte.

Tausend Jahre waren vergangen, da geriet zufällig ein lustiger Geselle in die Gegend, wo sich mitten in einer Wildnis die versteinerte Stadt mit ihrem prächtigen Palaste befand. Es war zwar alles ausgestorben, aber er musste sich über die Anzahl von Steinbildern wundern, die er allenthalben fand. Anstatt zierlicher Gärten sah er zwischen den Häusern nur einzelne verwilderte Waldstücke gelagert, in denen sich ganze Schwärme von Raben, Krähen und Raubvögeln eingenistet hatten. Der lustige Geselle ließ sich aber dadurch nicht irremachen, sondern schritt geradezu auf den Palast los, ging dort unerschrocken durch alle Hallen und Gänge, scheute sich vor keiner Türe, konnte aber nirgends etwas Lebendes finden. Endlich gelangte er in die Küche, wo er am Spieß einen Braten stecken fand, drunter aber lag ein Häuflein toter Asche. Als er die Speise näher betrachtete, fand er auch sie, trotz ihrer täuschenden Farbe, von Stein. Halb lachend, halb unmutig brach er seinen Stock entzwei und machte ein Feuer darunter, indem er zu sich sprach: »Vielleicht kann ich doch mit Gottes Hilfe den Braten weich bringen.« Kaum stiegen aber die ersten Rauchwolken durch den Schornstein hinauf, so fiel ein sehr mageres Menschenbein herab, welches übrigens der unerschrockene Koch sorglos beiseite schob. Wie er aber sah, dass das Fleisch am Feuer nur schwärzer, aber nicht weicher werden wollte, schlug er es auf dem gepflasterten Fußboden in Stücke und steckte an den leeren Spieß das herabgefallene Menschenbein. Nicht lange dauerte es, so fiel aus dem Kamin noch ein zweites, gleichfalls abgemagertes Menschenbein herab. »Wahrlich«, sagte der lustige Geselle, »sonderliche Küchenstücke in diesem Kaiserschloss; ich hätte doch gedacht, dass man sich zum Räuchern hier fettere Schinken auserlesen würde!« Kaum hatte er aber dies gesprochen, so fielen ein Paar ebenso magere Arme und endlich ein ganzer Rumpf herab, an dem ein Kopf mit einem widrigen Gesichte hing. Der wälzte sich zu den Armen, die am Boden lagen, drückte je einen derselben an die Achsel, so dass er sitzen blieb, ergriff dann mit den Händen das eine Bein und setzte sich's an, endlich zog er gar das andere vom Spieß weg und stand so als vollständige Menschengestalt vor dem lustigen Gesellen. Dieser ließ sich aber keinen Schrecken einjagen, sondern sprach: »Wer bist du? Gib Antwort, sonst reiß auch ich dir den halb gebratenen Schinken wieder aus, wie du ihn mir genommen hast.«

»Mit Erlaubnis, Herr Prahlhans, diese Beine sind mein«, war die Antwort, »ich habe sie im Schornstein aufgehängt, weil sie vom weiten Gang etwas ermüdet und angelaufen waren.«

»Angelaufen«, sagte lachend der Spaßvogel, »angelaufen! Wahrlich, dies sieht man ihnen nicht an, sie müssen demnach schon lange hängen.«

»Das geht dich alles nichts an«, entgegnete der Unheimliche hierauf, »schere dich um deine Beine und nicht um die anderer Leute. Überhaupt nimm dich in Acht mit deiner losen Zunge, denn wisse, ich bin der Teufel und dieses Schlosses Herr, und wenn du hier Gast sein willst, musst du mit mir kämpfen.«

»Gut«, sprach der lustige Geselle, »morgen werden wir kämpfen. Für heute aber muss ich dich bitten, dass du mir als deinem Gast in diesem unwirtlichen Schloss etwas zu essen und zu trinken gibst, denn ich bin hungrig und durstig von der langen Reise.«

Der Teufel war bereit, seinen Wunsch zu erfüllen, und führte ihn hinab in den ungeheuren Keller des Palastes. Dort öffnete der lustige Geselle einen der Hahnen, aus dem der herrlichste Wein sprang, und trank nach Herzenslust. Als er den Hahn wieder schloss, spottete der Kellermeister über ihn und sagte, wenn er morgen nicht besser fechte, als er heute trinke, so hätte er besser getan, er wäre daheim geblieben. Der lustige Geselle erwiderte darauf: »Wenn du sehen willst, wie ich trinken kann, so gehe mit mir einen Wettstreit ein, welcher von uns beiden ein großes Fass am reinsten aussäuft.«

»Hui!«, rief der Teufel, »so ist's recht! Leg du dich unter jenes Fass, und ich mache mich an dieses daneben, sie enthalten beide auf den Tropfen gleich viel. Wenn es dir so recht ist, du Großmaul, so mag der Kampf auf Tod und Leben gehen, wir ersparen dann den morgigen Zweikampf.«

»Mir gefällt der Vorschlag«, versetzte der lustige Geselle hierauf, »es sei, wie du sagst.«

Jeder begab sich nun unter sein Fass, der Fremde heiter und unbesorgt, der Teufel aber schlau nach seinem Gegner schielend. Dieser drehte den Hahn nur ein klein wenig, so dass der Wein kaum tropfenweise lief, dabei stellte er sich aber, als ob er ungeheure Züge hinunterschlucke. Der Teufel lachte hierüber verschmitzt, setzte ein wenig ab und rief: »Trink nur, du Tölpel, das letzte vom Wein ziehst du doch nicht heraus, denn der muss im Hahn hängen bleiben. Ich dagegen stehe dafür, dass kein Tröpfchen übrig bleibt: Ich stecke mich in den Hahn hinein und mache so das Fass rein trocken.« Mit diesen Worten zog er sich immer dünner zusammen, so dass er endlich ganz bequem in die dünne Hahnenröhre hinein schlüpfen konnte. Darauf hörte der lustige Geselle nur noch, dass etwas mächtige Schlücke machte; schnell war er jetzt besonnen, sprang auf, drehte den Hahn, in welchen der Teufel geschlüpft war, zu und rief: »Hab ich dich nun, du dummer Teufel!« Da fing der Teufel an, entsetzlich zu schreien, zu winseln und zu fluchen; allein der lustige Geselle kehrte sich nicht daran, sondern verließ den Keller, um womöglich seinen Hunger zu stillen, da er nun nicht mehr durstig war. Doch wie staunte er, als er wieder durch die Gemächer des Palastes schritt und alles von buntestem Leben erfüllt fand. Die zahllosen Steinbilder, über die er kurz vorher so gestaunt hatte, sah er jetzt lebendig und lustig durch einander rennen. Die Stellen, an denen die verwilderten Waldstücke um den Palast herum und zwischen den Häusern der Stadt nur wilde Vögel, Raben und Krähen beherbergt hatten, waren in die prächtigsten Gärten verwandelt, deren Blumenpracht das Auge ergötzte. Auch sah er, wie auserlesene, herrlich duftende Speisen von reich gekleideten Dienern hin und her getragen wurden. Alle Gemächer und Gänge, die er durchschritt, waren mit frischen Blumen geschmückt, besonders schön aber prangte der Hauptsaal des Palastes, in welchen er jetzt gelangte. Von beiden Seiten rauschte herrliche Musik, nach welcher prächtig geschmückte Menschen fröhlich tanzten. Oben im Saal, unter einem Thronhimmel, saßen der Kaiser und die Kaiserin, und zu ihren Füßen erblickte er, halb sitzend, halb auf den Thronstufen kniend, die Prinzessin. Sie hatte ihren Kopf in den Schoß der Kaiserin, ihrer Mutter, gestützt und Tränen im Auge; sie sah aus, als wäre sie eben von einem bösen Traum erwacht. Ihr feuchter Blick machte aber die unvergleichlich schöne Jungfrau noch viel bezaubernder, so dass der Fremdling alles, was um ihn her vorging, und das Erstaunen über seinen sonderbaren Aufzug gar nicht mehr bemerkte, sondern nur zum Thron zu gelangen trachtete. Als der Kaiser, dem sein ganz fremdartiges Kleid ebenfalls auffiel, ihn auch bemerkte, rief er ihn vor sich, fragte ihn, wer er sei, wo er herkomme und wie er in diese Hallen geraten sei. »Hoher Herr!«, erwiderte hierauf der lustige Geselle, »wie ich hierher gekommen bin, kann ich nicht sagen, ebenso wenig als ob ich träume oder wache. Lass mich aber erzählen, was ich von meiner Geschichte weiß.« Der Kaiser gab hierauf ein Zeichen zu allgemeiner Stille, der Fremdling erzählte alles, gerade so, wie er es wusste, und schloss endlich mit dem Abenteuer, wobei er den Teufel in einen Fasshahn gesperrt hatte, worüber sich der Kaiser des Lachens nicht enthalten konnte und auch alle Umstehenden ihren lauten Beifall bezeugten. Der Kaiser war nun sehr neugierig zu wissen, ob es sich mit dem eingesperrten Teufel wirklich so verhalte, und begab sich sogleich mit dem Erzähler und einigen von seinem Hofstaate in die Keller, wo ihn dann auch das Fluchen und Schelten des eingesperrten Teufels hinlänglich überzeugte, dass der Fremde nicht gelogen hatte.

Als der Kaiser wieder in den Saal zurückgekommen war, ließ er abermals Stille gebieten und hub folgendermaßen an: »Ihr alle, die ihr hier gegenwärtig seid, werdet euch wohl erinnern, wie ich sowohl hier in meiner Hauptstadt als auch im ganzen Lande bekannt machen ließ, dass der, welcher meine liebe Tochter, die Prinzessin, im Tanzen überträfe, dieselbe zur Gemahlin bekommen solle. Viele haben sich bei dieser Brautwerbung Krankheit und Tod geholt, bis endlich jener Unheimliche kam, der meine Tochter im Tanzen mehr als nur übertraf, sie zuletzt verächtlich von sich warf und einen grausen Fluch über uns alle verhängte. Nun ist aber dieser Fremdling erschienen, hat den Feind besiegt und uns erlöst. Daher ist es billig, dass er der Gemahl meiner Tochter werde und dereinst, wenn ich sterbe, nach mir Zepter und Krone trage. Daher will und gebiete ich, dass ihr ihm alle zur Stunde huldigt.« Nachdem das geschehen war, führte der alte Kaiser den glücklichen lustigen Gesellen zu der Kaiserin, und aus deren Hand empfing er nun die Prinzessin, die nicht lange bedurfte, um seine Züge tausendmal schöner zu finden als aller derer, die sich am Hofe ihres Vaters befanden. Ohne das Fest zu unterbrechen, ordnete man die Trauung an, und der lustige Geselle lebte mit der schönen Prinzessin, die ihre Tanzwut völlig abgelegt hatte, bis an sein Ende glücklich, ohne sich im geringsten darum zu bekümmern, dass er aus seinem Zeitalter um tausend Jahre zurückversetzt war.

*Märchen aus Rumänien*

# DER SOLDAT UND DER TEUFEL

D er Teufel traf vor der Stadt mit einem Soldaten zusammen und bat ihn: »Sei so gut, Freundchen, schaff mich durch die Stadt! Kann nicht allein gehn, so gern ich's wollte: Auf allen Straßen laufen mir die doppeläugigen Hunde entgegen. Sobald ich mich in der Stadt zeige, sind sie rudelweise hinter mir her!«

»Will's schon tun«, antwortete der Soldat, »aber ohne Geld wird aus dem Handel nichts!«

»Was verlangst du denn?«, fragte der Teufel.

»Viel ist's gerade nicht«, sprach der Soldat, »denn du hast ja Gold genug. Wenn du mir nur meinen Fausthandschuh füllst, so bin ich schon zufrieden!«

»So viel habe ich in der Tasche!«, sagte der Böse und füllte den Handschuh mit Gold bis an den Rand.

Der Soldat dachte hin und her und sprach: »Ich weiß aber nicht recht, wo ich dich verstecken soll ... Halt! Krieche hier in meinen Ranzen, da bist du am sichersten!«

»Schon recht! Aber dein Ranzen hat ja drei Riemen! Schnall nur den dritten nicht über, es könnte mir sonst schlecht werden!«

»Meinetwegen! Troll dich nur hinein!«

Der Böse kroch auch richtig hinein.

Der Soldat aber war just einer von denen, die ihr Wort nicht halten, wo sie es sollen. Kaum war der Schwarze im Ranzen, so zog er alle drei Riemen fest zusammen und fügte noch hinzu:

»Ein Soldat darf ja nicht mit offenen Riemen durch die Stadt marschieren! Glaubst du etwa, dass es mir der Feldwebel um deinetwillen nachsehen wird, wenn er mich so schlotterig trifft?«

Der Soldat hatte aber einen Freund hinter der Stadt, der war ein Schmied. Zu dem marschierte er geradewegs mit dem Teufel im Ranzen hin und sprach zu ihm: »Alter Freund, nimm doch diesen Ranzen und schlage ihn auf dem Amboss weich! Der Feldwebel schilt mich immer wegen meines Ranzens, der hart und eckig wie ein vertrockneter Bastschuh sein soll!«

»Wirf ihn mal auf den Amboss!«, sprach der Schmied.

Und nun schlug er mit dem Hammer auf den Ranzen los, dass die Wolle von dem Fell flog.

»Reicht's schon?«, fragte der Schmied nach einer Weile.

»Nein«, sprach der Soldat, »schlag nur tüchtig zu!«

Wieder hagelte es Schläge auf den Ranzen.

»So, genug für diesmal!«, sagte der Soldat endlich. »Ein andermal komme ich schon wieder, wenn ich's nötig habe.«

Damit nahm er den Ranzen auf die Schulter und kehrte zur Stadt zurück. Da warf er den Teufel grade mitten auf der Straße aus dem Ranzen.

Der Teufel war zusammengestampft wie ein Pilz. Kaum konnte er sich auf den Füßen halten.

Die doppeläugigen Hunde fielen aber im Nu über den Alten her, und da ward er denn aufs Neue gezwackt.

So schlimm war es dem Alten noch nie ergangen. Der Soldat aber hatte für sein Lebtag Geld genug, und es blieb noch seinen Erben davon übrig.

Als er gestorben und in die andere Welt gekommen war, ging er zur Hölle und klopfte an das Tor.

Der Böse schielte durchs Tor, um zu sehen, wer es wäre, und schrie: »Nein, nein, du Erzschelm, du bist hier nicht nötig! Geh nur, wohin du sonst magst, hier kommst du nicht herein!«

Der Soldat ging hin zu Gott und erzählte dem, wie es ihm ergangen. Da sagte man ihm: »Bleibe nur! Hier haben Soldaten Platz genug!«

Seitdem lässt aber der Böse keinen Soldaten mehr in die Hölle.

*Märchen aus Estland*

# Wie Mabik seinen Vater vom Teufel erlöste

In der Gegend von Morlaix lebte einst der Fischer Gorvan mit seiner Frau und seinen drei Söhnen Robart, Fanch und dem jüngsten. Diesen nannte der Vater nur »Mabik«, das bedeutet »Söhnchen«, weil er ihn ganz besonders lieb hatte. Sie führten ein Leben in großer Armut und Not, denn oft kam der arme Mann mit leerem Netz nach Hause, oder er hatte nur so viel gefangen, dass er damit gerade so recht und schlecht seine eigene Familie ernähren konnte. Es war nicht daran zu denken, auf dem Markt etwas zu verkaufen. Und so kam es, dass sie keinen einzigen Sou im Haus hatten. Sah nun die Frau andere Fischer mit voll beladenen Booten heimkehren, so schalt sie ihren Mann mit harten Worten, nannte ihn Versager, Faulpelz oder gar Dummkopf. Der arme Gorvan litt sehr darunter und fürchtete sich von Tag zu Tag mehr, ihr unter die Augen zu treten.

Eines Abends saß er wie gewöhnlich in seinem Boot. Schon ging die Sonne über dem Meer unter, und er hatte noch immer nichts gefangen. Da beklagte er sein Los und hatte große Furcht, nach Hause zurückzukehren. Plötzlich hörte er ein ungeheures Krachen. Als er sich umschaute, sah er von Westen einen rot gekleideten Reiter auf einem feurigen Rappen dahersprengen, ganz so, als wäre das Meer eine feste Straße. Dergleichen hatte er noch nie in seinem Leben gesehen. Der Reiter ritt geradewegs auf das Boot zu und sprach:

»Nun, mein Freund, lohnt sich der Fang?«

»Ach nein, Herr, ganz und gar nicht!«

»Und Ihr fürchtet, von Eurer Frau gescholten zu werden, wenn Ihr nach Hause kommt, nicht wahr?«

»So ist es, denn wir haben keinen Bissen Brot mehr im Haus. Der Bäcker gibt uns keines mehr auf Schulden. Und so weiß ich nicht, was wir zum Abendbrot essen sollen.«

»Wenn du mir gehorchst, ist dir meine Hilfe gewiss. Du sollst alles im Überfluss haben, nicht nur heute, sondern sieben Jahre lang.«

»Herr, ich will Euch gerne gehorchen, aber sagt, was verlangt Ihr?«

»Wenn du bereit bist, mir in sieben Jahren zu gehören, so wirst du so viele Fische fangen, wie du nur haben möchtest. Kein anderer Fischer wird in dieser Zeit auch nur einen einzigen Fisch zu sehen bekommen.«

»Ach, was sprecht Ihr da? Ihr seid wohl der Böse selbst? Nein, niemals werde ich das tun!«

»Wie du willst. Aber heute, morgen und an allen Tagen deines Lebens wirst du keinen einzigen Fisch mehr im weiten Meer finden. Deine Frau wird dich schelten und schlagen. Am Ende müsst ihr alle Hungers sterben.«

Da dachte der arme Mann nach und sprach endlich: »So sei es, wie du verlangst.«

Der Fremde hielt ihm ein Stück Pergament hin und befahl: »Unterschreibe mit deinem Blut!«

»Ich kann nicht schreiben.«

»Ein Tropfen deines Blutes auf dem Pergament reicht aus.«

Da ritzte sich der Fischer mit der Messerspitze ein wenig den Arm auf und ließ einen Blutstropfen auf das Pergament fallen.

Der Fremde sprach: »Warte in sieben Jahren auf jenem Felsen dort auf mich. Wo immer du auch sein magst, ich werde dich zu finden wissen. Wehe dir, wenn ich dich selbst holen muss! Wirf nun deine Netze aus!«

Als Gorvan seine Netze auswarf, waren sie im Nu so voll, dass sie fast zerrissen. Er warf sie noch ein zweites und drittes Mal aus. Immer fing er die schönsten Fische im Überfluss. An diesem Abend war der Jubel im Hause des Fischers groß, und es gab nach langer Zeit weder Klagen noch Tränen. Am nächsten Morgen fuhr Gorvan früh aufs Meer hinaus. Seine Frau und die Kinder gingen in die Stadt, um die Fische zu verkaufen. Sie brachten am Abend Weißbrot, Wein und Fleisch mit, Dinge, die lange genug entbehrt worden waren. Und als Gorvan nach Hause kam, war sein Boot bis zum Sinken mit Fischen gefüllt.

Von nun an fuhr der Fischer jeden Morgen mit seinem ältesten Sohn aufs Meer hinaus. Seine Frau und die beiden anderen Kinder verkauften die Fische in Morlaix. Und jeden Abend hatten die einen das Boot voller Fische und die anderen die Taschen voller Geld. So wurde Gorvan in kurzer Zeit ein reicher Mann. Aber die Leute wunderten sich doch sehr, dass all die anderen Fischer überhaupt nichts mehr fingen.

Bald sprach man davon, dass Gorvan ein Zaubermittel besitzen müsse, mit dem er die Fische in sein Netz locke. Es gab sogar Leute, die sagten, Gorvan müsse seine Seele dem Teufel verkauft haben. Die drei Fischersöhne gingen nun zusammen zur Schule wie die Kinder der Bürger und reichen Kaufleute von Morlaix. Eines Tages riefen die anderen Kinder dem Ältesten zu: »Wir wollen nicht mit dir spielen, denn du bist eines Fischers Sohn, und dein Vater ist nur deshalb so reich geworden, weil er seine Seele dem Teufel verkauft hat!«

Über diese Worte wunderten die drei Brüder sich sehr. Und am Abend fragte Robart seinen Vater, ob dies denn die Wahrheit wäre. »Nein, Kinder, das ist nicht wahr«, antwortete Gorvan. Aber von diesem Tage an wurde er traurig und fand keine Ruhe mehr. Die beiden älteren Brüder achteten nicht weiter darauf, doch Mabik wurde nachdenklich. Er fragte seinen Vater: »Du sprachst früher oft von deinem Bruder, der ein Einsiedler geworden ist.«

»Ja, mein Sohn, er lebt im Walde von Krannou und betet Tag und Nacht zu Gott.«

»Lass mich meinen Oheim besuchen, ich möchte ihn kennenlernen!«

»Aber mein Bruder kann dich nicht einmal richtig beherbergen. Seine Speisen sind Wurzeln von Kräutern und wilden Beeren. Er schläft auf der blanken Erde, und ein Stein ist sein Ruhekissen. Kannst du ein solches Leben ertragen?«

»Das alles schreckt mich nicht, Vater, erlaube, dass ich meinen Oheim in seiner Einsiedlerklause besuche!«

Da willigte der Vater ein. Am nächsten Morgen machte Mabik sich auf in den Wald von Krannou. Lange durchwanderte er ihn in allen Himmelsrichtungen. Endlich gelangte er zu einer kleinen Hütte, die unter einer Eiche stand. Sie war aus Zweigen und Ästen gebaut. Ein Greis mit weißem Barte kniete betend davor.

Ehrfürchtig blieb Mabik stehen, und als der Alte ihn nicht zu bemerken schien, kniete auch er nieder und betete. Das Gebet des Einsiedlers war lang. Endlich erhob er sich, und Mabik trat zu ihm und sprach: »Guten Tag, Oheim.«

»Guten Tag, mein Kind, du nennst mich Oheim?«

»Ich bin der jüngste Sohn Eures Bruders, des Fischers Gorvan.«

Da begrüßte der Alte ihn freundlich und fragte: »Wie geht es meinem Bruder Gorvan? Ist er glücklich, und ruht Gottes Segen auf ihm?«

»Mein Vater ist reich geworden, aber er ist voller Kummer. Ich weiß nicht, was ihn bedrückt. Aber ich bin zu Euch gekommen, um bei Euch zu lernen, wie man die Leiden des Leibes und der Seele lindert. Ich will meinem armen Vater helfen. Bitte, behaltet mich eine Zeit lang bei Euch!«

»Ach, das Leben, das ich führe, ist nichts für dich.«

»Mein Vater konnte mich nicht zurückhalten. Ohne Unterlass zu beten, von Kräuterwurzeln und wilden Beeren zu leben, auf der blanken Erde zu schlafen, all das schreckt mich nicht.«

»Wenn dem so ist, mein Kind, so bleibe hier.« Der Einsiedler lehrte Mabik die geheimen Kräfte der Kräuter und Pflanzen. Er lehrte ihn Gebete, die Krankheiten von Leib und Seele heilen konnten. War der Greis lange in Andacht versunken, wetzte Mabik ein verrostetes Messer, das er im Walde gefunden hatte, an einem Kieselstein.

Es nahte nun aber der Tag, an dem die sieben Jahre vorüber waren. Der alte Fischer wurde von Tag zu Tag trauriger. Endlich wurde er sehr krank. Es war eine Krankheit besonderer Art, die kein Arzt in Morlaix und keiner in Brest und Is heilen konnte. Gorvan schrie und tobte wie ein Besessener, und alle, die ihn hörten, befiel Furcht und Schrecken. Eines Tages rief er seinen Sohn Robart vor sich und sprach: »Bist du bereit, alles für mich zu tun, damit ich wieder gesund werde?«

»Ja, Vater.« Da gab Gorvan seinem Sohn das Pergament zu lesen. Robart erblasste, als er es las. Zitternd sprach er: »Vater, ich bin bereit, mein Leben für dich zu geben, nicht aber mein Seelenheil.«

Da sprach Gorvan: »Geh und hole deinen Bruder Fanch!«

Robart gehorchte. Als Fanch das Pergament gelesen hatte, erblasste auch er und gab die gleiche Antwort, die sein Bruder schon dem Vater gegeben hatte. Da sprach Gorvan zu ihm: »So erfülle mir wenigstens eine letzte Bitte und bringe deinen Bruder Mabik, der bei eurem Oheim, dem Einsiedler, lebt, zu mir!«

Fanch sattelte zwei Pferde und machte sich auf der Stelle auf den Weg, um im Walde von Krannou nach der Einsiedlerklause zu suchen.

Als Mabik eines Tages wieder einmal sein altes Messer an dem Kieselstein schärfte, sah er einen Reiter herannahen, der ein weiteres Pferd mit sich führte, und er erkannte seinen Bruder Fanch. Da ging er ihm entgegen, begrüßte ihn freundlich und fragte: »Weshalb bist du gekommen? Wie geht es unserem Vater?«

»Ach, es steht sehr schlecht um ihn«, antwortete Fanch und erzählte ihm alles. »Wirst du so viel Mut haben, diesen schweren Weg zu gehen und unseren Vater zu retten?«

»Ja, Bruder, ich bin dazu bereit, wenn unser Oheim, der alte Einsiedler, mich begleitet.«

Als der Einsiedler sein Gebet beendet hatte, begrüßte Fanch seinen Oheim, und Mabik erzählte, weshalb der Bruder gekommen war, und sprach: »Ich will alles tun, worum der Vater mich bittet, wenn Ihr mit mir kommt, Oheim.«

Der Greis seufzte tief und sprach: »Um den rechten Weg zu ergründen, muss ich Gott im Himmel fragen. Morgen bei Sonnenaufgang werde ich euch die Antwort wissen lassen.«

Der weise Mann erflehte die ganze Nacht hindurch Gottes Hilfe im Gebet und suchte Rat in seinen Büchern. Als die Sonne aufging, sprach er zu Mabik: »Ja, mein Sohn, ich will diesen Weg voller Gefahren mit dir gehen. Wenn du mir in allen Dingen gehorchst, so kann dein Vater gerettet werden. Nun aber lasst uns eilen, denn kurz ist die Zeit, die uns noch bleibt!« Der Einsiedler nahm Mabik zu sich auf das eine Pferd, während Fanch das andere bestieg. Auf dem Weg durch den Wald wandte sich der Alte an Fanch und sprach: »Schau um dich, mein Sohn, siehst du nichts, das dir seltsam erscheint?«

»Nein, Oheim, ich sehe nichts.«

»So bist du nicht auf dem gleichen Pfade wie wir.« Und er sprach zu Mabik:

»Und du, mein Sohn, siehst du etwas?«

»Ja, Oheim, in der Mitte eines Haselnussstrauches sehe ich einen einzelnen Zweig, der hat keine Rinde und ragt weiß und gerade wie eine Kerze empor.«

»Du bist auf dem rechten Pfad, mein Kind. Sag, schneidet dein Messer gut?«

»Ich habe es lange genug geschärft.«

»Steig herab vom Pferd und schneide diesen Zweig ab. Dies muss aber mit einem einzigen Schnitt geschehen.«

Mabik gehorchte, und als er den Zweig seinem Oheim reichte, sprach dieser: »Schneide ihn nun in zwei gleiche Teile und verwahre sie wohl, denn später wirst du sie brauchen.«

Als sie ungefähr eine halbe Meile von Morlaix entfernt waren, fragte der Einsiedler wiederum Fanch, der vorausritt:

»Mein Sohn, hörst du nichts?«

»Nein, Oheim, ich höre nichts.«

»So bist du nicht auf dem gleichen Pfad wie wir. Und du Mabik, hörst du etwas?«

»Ja, Oheim«, antwortete Mabik traurig. »Ich höre die Schreie meines Vaters auf dem Krankenlager.«

»Lasst uns schneller reiten, damit wir ihm Hilfe bringen.«

Sie ritten im Galopp, und so erreichten sie rasch Dourdouff, das Heimatdorf. Am nächsten Tage bei Sonnenuntergang sollten die sieben Jahre vorüber sein. Der Fischer dachte nur an die Höllenqualen, die ihn erwarteten, und zitterte und schrie vor Angst. Aber der Einsiedler tröstete ihn und sprach, dass Mabik an seiner Stelle zu dem Felsen gehen würde und dass mit Gottes Hilfe Rettung möglich wäre. Da beruhigte sich der Kranke und wurde still. Der weise Mann wandte sich nun an Mabik und sprach:

»Nimm ein Boot und fahre damit allein zu jenem Felsen. Die beiden Haselstäbe nimm mit dir sowie einen Feuerstein, Zunder und ein Stück Eisen zum Funkenschlagen. Umrunde den Felsen dreimal mit deinem Boot und zeichne jedes Mal mit einem deiner Stäbe einen Kreis in seinen unteren Teil. Bei jedem Kreis wird eine Stufe im Gestein entstehen. Besteige dort den Felsen und schlage Feuer. Wenn der Zunder brennt, entzünde daran die beiden Haselstäbe wie zwei Kerzen und stelle diese links und rechts von dir auf. Setze dich nun nieder und warte ruhig ab. Dreimal wird der Teufel erscheinen und wird dich holen wollen. Sage ihm nur jedes Mal, er soll dich doch selbst von dort holen, wo du dich befindest. Steige nur ja nicht selbst vom Felsen herab. Wenn du standhaft bist, kann er dir nichts anhaben. Du aber kannst deinen Vater von der ewigen Verdammnis erlösen.«

Am nächsten Tage schlug Mabik das Zeichen des Kreuzes über sich, stieg in das Boot und fuhr zu jenem Felsen. Der alte Einsiedler aber kniete am Meeresufer nieder und betete. Mabik tat alles so, wie es ihm der weise Mann geraten hatte. Er fuhr dreimal um den Felsen. Er zeichnete drei Kreise auf die Felswand, und es entstanden drei Stufen im Gestein. Er bestieg den Felsen, schlug Feuer und zündete die Haselstäbe an, als wären es zwei Kerzen. Er stellte sie links und rechts von sich auf und wartete. Auf einmal hörte er ein ungeheures Krachen. Ein rot gekleideter Reiter auf einem feurigen Rappen galoppierte in der sinkenden Sonne über das Meer, als ritte er auf einer festen Straße. Am Fuße des Felsens blieb das Pferd stehen, und der Reiter sah Mabik scharf und prüfend an und sprach:

»Mir scheint, du bist nicht derjenige, den ich hier treffen wollte.«

»Ich bin anstelle meines Vaters gekommen.«

»Ob Vater oder Sohn, das ist mir gleich. Schnell, komm herab zu mir aufs Pferd. Wir müssen uns beeilen, denn du wirst erwartet!«

»Ich gehöre Euch«, sprach Mabik mit fester Stimme, »aber wenn Ihr mich haben wollt, so müsst Ihr mich schon selbst von hier oben herunterholen.«

Als der Teufel die drei Stufen und die beiden brennenden Haselstäbe sah, ahnte er, dass er überlistet werden sollte, und dachte nicht daran, von seinem Pferd zu steigen. Er versuchte es in freundlicher Art und Weise und sprach:

»Komm herunter, damit wir schnell reiten können. Heute wird dir zu Ehren ein großes Fest gegeben mit Musik, Tanz und einem großen Diner. Beeile dich, mein Herr erwartet dich voll Ungeduld!« Umsonst lockte der feuerrote Reiter, denn wiederum gab Mabik ihm zur Antwort, er müsse schon selbst kommen und ihn herunterholen.

Zornig sprang der Teufel auf die erste Stufe. Aber da stieß er einen gewaltigen Schmerzensschrei aus, schwang sich wieder auf seinen Rappen und sprengte mit gewaltigem, höllischem Getöse davon. Nach einer Weile kam ein zweiter Teufel übers Meer geritten. Aber auch diesen wies Mabik mit den gleichen Worten ab wie den ersten. Dieser kam bis zur zweiten Stufe, dann aber spürte er solche Schmerzen, dass er fluchend davongaloppierte. Zuletzt kam ein Wagen über das Meer gefahren, der war von feurigen Rappen gezogen. Es heißt, der hinkende Teufel selbst habe Mabik darin abholen wollen. Mabik aber hielt stand, er wich nicht von seinem Platz auf dem Felsen. Als ihn der Teufel wutschnaubend herabholen wollte, gelangte er nur bis zur dritten Stufe. Da war seine Macht zu Ende, und er musste umkehren wie die anderen.

Mabik war nun gerettet. Er kletterte vom Felsen herab, stellte seine beiden Haselstäbe als Kerzen in sein Boot und fuhr dem Ufer entgegen. Dort warteten der Einsiedler, sein Vater, seine Mutter und die beiden Brüder auf ihn. Aber als das Boot am Ufer anlegte, saß Mabik nicht mehr darin. Der Vater und die Mutter und auch die beiden Brüder weinten bitterlich, denn sie dachten nicht anders, als dass der Teufel Mabik doch noch geholt habe. Der Einsiedler aber sprach: »Ich weiß, dass der Teufel Mabik nicht holen konnte. Ich weiß auch, wo Mabik jetzt ist. Nun kehre ich in meine Klause zurück und werde unaufhörlich für Mabik beten, dass er glücklich die Prüfungen besteht, die ihn erwarten.«

Mit diesen Worten nahm der Greis seinen Stab in die Hand und machte sich auf den Weg zu dem Wald von Krannou.

Was aber war unterdessen mit Mabik geschehen? Welcher Art waren die Prüfungen, die er zu bestehen hatte? Ist er jemals glücklich wieder heimgekehrt? Ein andermal werde ich euch all die anderen Geschichten von Mabik erzählen.

*Märchen aus der Bretagne*

# DER TEUFEL FÄNGT SICH SELBST

E in alter, weiser Hund hatte einmal eine Mühle geerbt und verlebte da zufrieden und glücklich seine Tage. Er war gegen jedermann hilfreich und freundlich, tat viel Gutes und sammelte auch einige Freunde um sich, die ihm seine Muße teilen halfen.

Da war zum Beispiel der Dachs, der als Schneidergeselle von Heide zu Heide zog und jedes Jahr für einige Tage bei dem Hund hauste, bis er ihm einen neuen Rock zurechtgeschnitten hatte. Der Hase, der in der Frühe die Post brachte, blieb meist gleich bis zum Frühstück, sogar Biber und Schildkröte aus dem Mühlenwehr wohnten bei ihm, und ein alter Bock hatte sich mit dem Wirt so sehr angefreundet, dass man die beiden kaum noch anders als mit der Pfeife im Mund auf der Bank sitzen und über dieses und jenes beratschlagen sah.

Eines Tages kam nun auch eine Henne des Wegs; sie hatte sich von ihrem Hof, wo sie in jedem Frühling einen Satz Eier ausbrütete, verirrt und war sehr unglücklich und einsam.

Als sie das schöne Schild »Fremdenheim zur Mühle« sah, bat sie, sich einige Zeit erholen zu dürfen.

Der alte Hund nickte, nahm höflich seine Pfeife aus dem Mund, ließ sich erzählen, wie es der armen Verirrten ergangen war, und forderte sie auf, das gemeinsame Mahl zu teilen. Die Henne folgte der Einladung gern. Aber wie es leicht geschieht, sie fühlte sich ein wenig fremd bei den hagestolzen Herren, sprach zu viel von sich selbst und verdarb dadurch sich und den Gästen die Laune. Der Herbergswirt merkte es, er war indes ein gutmütiger Kerl und meinte, das würde sich schon ändern.

Die Henne hatte auch bald Grund zur Beschwer. Als das Wetter immer schöner wurde und die Herren sich noch einmal recht jugendlich fühlten, setzten sie sich, wie sie es zu tun pflegten, ohne Rock und Weste an den Mühlenweiher. Dem neuen Gast gefiel solche Einfachheit schlecht, und sicherlich hätte man sich in Gegenwart einer Frau anders verhalten müssen. Der warme Himmel aber hat für die Henne auch sein Gutes gebracht. Mitten in Verdruss und Beschwerde ist ihr auf einmal ein sonderbares Wort eingeflossen. »Gackgack.«

»Wie bitte?«, fragte der kleine Hase und lachte.

Die Henne wollte ärgerlich tun. »Was wünschen Sie«, fragte sie gereizt, »worüber lachen Sie? – Gackgack!«, musste sie hinzufügen. Und es ist noch am gleichen Nachmittag über die Arme gekommen, dass sie draußen im Torfkorb ein Nest hat ausscharren und mit wiederholtem Gackern ein schönes weißes Ei hat ankünden müssen.

Die Geschichte mit der Kakelei und ihrem Voran und Hinterher ist der Henne noch drei- oder viermal zugestoßen, meist bei der gemeinsamen Mittagstafel. Die Gäste haben die Hand vor den Mund gehalten, und der Herbergswirt hat laut über seine Reisen zu erzählen begonnen. Nur der Hase hat mit einem Knippauge die Neue so lange angegrinst – gagagagack –, bis sie den Tisch der alten Junggesellen verließ.

Wider Sitte und Notwendigkeit soll niemand streiten. Aus dem ersten Kakeln ist allmählich ein sanfteres Zureden geworden, die Henne hat eine mütterliche Liebe zu ihren weißen Eiern bekommen, und eines Abends ist sie, statt ihre schöne Kammer aufzusuchen, die ganze Nacht im Torfnest geblieben.

Das gab nun wieder allerhand Bedenken bei den weisen Herren. Einige Gäste, die es gut mit ihr meinten, haben lächelnd untereinander beraten, wie man der Frau die Vergeblichkeit ihrer guten Sorge beibringen könnte. Und der Hund hat sie so nebenbei gefragt, wo der Herr Gemahl denn sei und wie der sich freuen würde, wenn er sie so fleißig sich üben sähe.

Die Brütende hat den Kopf abgewandt, sie wusste wohl, worauf der Nachbar hinauswollte. Aber Hennen glauben ja an Wunder, wenn sie nur auf Eiern sitzen.

Es ist denn auch ein Tag nach dem andern vergangen, eine Woche um die andere. Endlich ist sogar der armen Glucke das Brüten überständig erschienen, sie hat ein Ei angepickt. Da war es faul. Sie hat deshalb das nächste aufgetan, das hat arg gerochen, aber ein Kücken war nicht dabei. Da ist sie zornig geworden, hat alles zerhackt und zertreten, und es ist nur schlimme Luft herausgefahren.

»Dor help de Düwel«, hat sie gewünscht, so ärgerlich war sie.

Kaum hatte sie das gesagt, kam ein fürnehmer Hahnemann aus dem Busch angestelzt – ihr könnt euch denken, wer es war, man nennt den Namen nicht gern. Der Fremde hat aber solch prachtvolles Gewand angehabt und war so freundlich gegen die Glucke, sie hat zu allem nur ja zu sagen brauchen. Sie hat es auch nicht lassen können, sich bald mit dem neuen Bräutigam zu zeigen, und ist mit ihm in der Mühle zu Tisch gekommen. Die Gäste haben sich besorgt angesehen, und der kleine Hase ist gleich durch das Fenster ausgerissen. Zu den anderen ist der Fremde aber leutselig gewesen, hat sich einen ganz alten Namen gegeben und die Herren gebeten, seine Freunde zu werden. Und als sie, wie es nun einmal üblich war, nach dem Mittagessen die Röcke auszogen und ihre Angeln im Mühlenteich auswarfen, hat auch er sein prächtiges Hahnenkleid ein wenig am Ufer ausgebreitet.

Aber der Schlimme hat, ehe er den Rock niederlegte, einen bösen Wunsch hineingesprochen. Er wusste, dass, wer auch vorbeikam, Mensch oder Tier, sich das Ding am Weg anschauen und die Augen dran ausgucken musste, so golden und edelsteinübernäht hat es ausgesehen. Immer jedoch, wenn jemand es nur eben hat anproben wollen, weil es herrenlos schien, war er schon dem Bösen verfallen und ist mit Feuer an allen Gliedern schnurstracks in die Tiefe hinuntergefahren. Der Rock aber hat gleich wieder dagelegen, sein Herr hat von neuem einen Spruch hineingemurmelt, und dem nächsten Besucher ist es nicht besser ergangen.

Die Glucke hat's gemerkt und bittersüß gelächelt; ihr ist der Gemahl unheimlich bis ins Herz gewesen, und doch hat sie ihren Stolz vor den Leuten und das Gefallen an dem schönen Tuch nicht einhalten können.

Eines Nachmittags ist nun wie alljährlich Grimbart der Dachs die Straße gekommen, um sich bei dem Vetter ein wenig vom Wandern zu erholen und ihm zum Dank einen neuen Rock zu schneidern. Auch er sieht die Hahnenjacke auf dem Weg liegen, sie ist so herrlich, dass er gleich davor stehen bleibt. Er ist indes ein Mann vom Fach, er hebt das Zeug nur auf und prüft es von allen Seiten. Der Böse meint schon, dass er wieder jemand in seiner Falle habe. Aber der Dachs wirft das Wams nicht über, er runzelt nur die Stirn. Sonderbarer Schnitt, denkt er, möcht doch mal wissen, was für ein Kerl hineingehört.

Der Düwel ist enttäuscht, gerade den Dachs könnte er da unten brauchen und hätte ihn gern eingefangen. Er geht also wie von ungefähr bei ihm entlang.

»Ach, meine alte Jacke«, sagt er leutselig, »gefällt sie Ihm, Schneidergesell?«

»Das ist gewiss ein schönes Stück«, knurrt Grimbart ehrlich.

»Ich bin ihrer leid«, lächelt der Böse großmütig, »behalt Er sie nur, wenn Er will!«

Der Dachs wendet das Ding noch einmal nach außen und innen und ärgert sich über den Protz, der solche Jacken verschenkt. Umsonst nähme er nichts, murrt er endlich, und dergleichen könnte er sich auch selbst schneidern.

»Fein!«, sagt der Locker − er möchte ja, dass der Dachs das Wams überzöge. »Fein, solchen Schneider brauche ich gerade. Da muss Er mir eine neue Jacke nähen, als Lohn kriegt Er die alte.«

Im Handumdrehen hat der Böse die prächtigsten Federn und Tuche für den zweiten Rock bereit und reicht sie dem Dachs.

Sonderbar! denkt Grimbart wieder – er ist eins der misstrauischsten Wesen, die es gibt –, warum soll ich durchaus das Zeug behalten? Auch tut es ihm leid um die herrlichen Sachen für solchen Geck. Immerhin nimmt er beides, alte Jacke und neues Tuch, über den Arm und setzt sich in der Mühle auf seinen Schneidertisch. Und er gibt sich, als wenn er stundenlang nichts als zu nähen, zu prünen und zu säumen hätte. In Wirklichkeit aber hat der Schlingel all die schönen Federn und das feine neue Tuch des Bösen unter den Tisch fallen lassen und hat nur den alten Rock aufgeputzt und das Futter gekehrt. Er denkt, solch Ding sei für diesen Fremden immer noch gut genug.

Wie es nun dämmerig wird, tut Grimbart, als habe er die zweite Jacke fertig. Ob der Herr einmal anproben wolle, ruft er aus dem Fenster. Der Böse kommt nickend und lächelnd zu Schneider Dachs, er schiebt den Steiß schon nach hinten für das neue Hahnenkleid. Grimbart aber legt ihm das alte Wams über, das noch den Spruch vom höllischen Feuer trägt. Und er streicht dem Fremden den Rock so recht eng an den Leib.

Nun, dem Teufel gefällt's erst herrlich, er redet von vereinbartem Lohn und denkt, jetzt werde Grimbart so eitel sein und bald das andere Wams einmal überwerfen. Auch die Glucke steht dabei und findet ihren Bräutigam schöner als je. Und alle Tiere müssen kommen und zusehen. Aber nach einer Weile wird der Rock selbst für den Bösen verwünscht heiß. Und noch etwas später beginnt er an der Jacke zu rücken und zu zerren und hüpft und kriegt Glotzaugen und wedelt mit dem Schwanz gegen die Hitze. Und – heia – nun tanzt er, dass die Gäste sich ängstlich verziehen, und – hoho – da brüllt er und schnaubt etwas von Verrat, und – hui hui – jetzt rast er mit glühenden Lichtern an den Wänden entlang, fletscht die Zähne wie Schwefelzapfen und will dem Dachs an die Kehle. Aber ehe es so weit kommt, kann er das Feuer an den Gliedern nicht mehr vertragen, mit einem Satz geht er durch die Fensterscheiben und in den zischenden Mühlenteich.

Die arme Glucke hat erst viel Kummer gehabt, sie hat die Flügel geschwungen und ist jammernd am Ufer auf und ab gelaufen. Aber die alten Herren, die mehr von Gut und Böse verstehen als ein einfältiges Weibsbild, haben dem Dachs Glück gewünscht. Sie haben am Abend einen großen Umtrunk gehalten vor Freude, dass sie den unheimlichen Gast wieder losgeworden waren, und schließlich haben sie sogar die Glucke geholt und ihr gut zugeredet und einen neuen Gemahl versprochen. Da hat sie sich besonnen und vor Rührung mit jedermann einen Tanz über Tische und Stühle versucht.

*Märchen aus Schleswig-Holstein*

# Hein Oi und der Teufel

Da war einmal ein Schuster in der Stadt Kiel, der hieß Hein Oi. Er wohnte nur drei Häuser vom Rathaus entfernt und hatte sich bis über die Ohren in des Bürgermeisters Tochter verliebt.

Ihr könnt euch denken, dass die Liebe unglücklich war. Der Schuster hat jedoch den Mut nicht verloren, er hat bei jedem Nagel, den er in die Sohlen klopfte, bedacht, wie er die schöne Dotte doch noch gewänne.

Nun steht der Mann eines Nachts bei Vollmond spät vor seiner Tür – vielleicht hat er nicht schlafen können, denn es war ein sehr schwüler und heißer Tag gewesen. Da geschieht es vor seinen Augen, dass die schöne helfende Frau Gode – die Wittefru nennen wir die Zauberin wohl auch – mit einem großen Zug Vögel vorbeikommt. Das ist ein helles Zirpen und leises Schilpen, man muss seine Lust daran haben!

Hein Oi reißt die Augen auf über das Wunder, er weiß kaum, wie ihm geschieht. Dann fällt ihm ein, dass bei der edlen Frau Gode schon manch einer sein Glück gemacht hat. Eilig bringt er ein wenig Brot und Wasser für die kleinen Tiere und wartet, dass man ihm nun zur Belohnung einige Wünsche erlaube. Die Holdselige sieht allem zu, aber sie sagt und sagt nichts; es ist, als hätte sie Hein Ois Hilfe vergessen. Da wird dem bange, dass er um sein Glück kommt, er räuspert sich und kratzt sich vernehmlich hinterm Ohr.

»Schlechte Zeiten, Frau Gode!«, fängt er an.

»So?«, fragt die gütige Milde und lockt die fernen Vöglein, die das Wasser noch nicht gefunden haben.

»Ja, ja, das Bier wird immer teurer, und die Kunden gucken sich alles an und laufen wieder aus dem Laden.«

Die Wittefru nickt freundlich, aber es ist, als wollte sie ohne Dank an Hein Oi weiterziehen. Dem wird bald heiß, bald kalt.

»Ich möchte wohl«, sagt er da tapfer und sieht verlangend zur schönen Nachbarin hinüber.

»Was möchtest du denn?«, fragt sie gewährend. »Nur bedenke es gut!«

Da merkt Hein Oi, dass er einen Wunsch frei hat, aber er ist listig und will drei dadraus machen.

»Ich möchte«, sagt der Schuster, »dass jeder, der auf meinen Stühlen Stiefel anprobt, so lange kleben bleiben muss, bis er etwas gekauft hat.« Er grinst ein wenig, er hat nämlich drei Stühle im Laden.

Frau Gode nickt und seufzt, aber vielleicht hat sie von Hein Oi keinen besseren Wunsch erwartet. Dann lockt sie die Vögel und ist auf einmal wie in Glas und Mondlicht eingesunken.

Im Schuhmacherladen geht es von nun an hoch her. Gleich am ersten Vormittag ruckt und druckt die Kundschaft auf den Stühlen herum und wählt dies und wählt das, und wirklich und wahrhaftig verlässt keiner das Haus, ohne dass nicht ein Paar Stiefel mitwandert; kaum kommt Hein Oi noch zum Flicken, so viel hat er zu tun. Zwischendurch aber rechnet er aus, wie rasch er reich sein wird, und träumt weit voraus, wie er den Herrn Bürgermeister zwicken und zwacken wird, bis der ihn eines Tages selbsteigen aufsucht und sagt: »Hein Oi, das beste wäre, wir vertrügen uns. Wie wär's, wenn du meine Tochter Dotte zur Frau nähmst?«

Als der Schuster nun so vergnügt hin und her überlegt und blinzelt und in den Schrank langt und seine Schläue auf ein Schlückchen hochleben lässt – ausgerechnet da tritt die schöne Dotte, an die er eben denkt, in seinen Laden. Na, er Flasche und Glas kopfüber ins Schapp hinein, dann fragt er mit einem höflichen Bückling nach den Wünschen der Kundin.

69

»Ach, Meister Oi«, sagt das Fräulein hochmütig, »ich muss flink ein Paar Tanzschuhe haben, was hat Er auf Lager?« Spricht's und setzt sich auf einen der drei Klebestühle, so dass Hein Oi ganz kunterbunt zumute wird.

»Ja, du lieber Gott«, stöhnt er, »Tanzschuhe habe ich gerade nicht da, sind alle ausverkauft. Aber ich will gleich Maß und Elle holen!«

Ob er's auch bis zum Abend fertig habe, fragt die Jungfer.

Er werde sein Bestes tun!, sagt Hein Oi flink.

Das genügt der schönen Dotte nicht, sie will weitergehen. Heut Abend ist ein Ball in der Stadt, da muss sie bestimmt die köstlichsten Schuhe haben.

Mit dem Aufspringen wird es indes nichts. Der Stuhl hoppt ein wenig, aber die hübsche Dotte muss sitzen bleiben, und Hein Oi rennt in Todesangst hin und her. Er kommt mit sieben Paar Schuhen angelaufen, er beschwört das Fräulein, dieses oder jenes zu versuchen; er hofft ja, dass die schöne Dotte sich mit einem Kauf von dem schlimmen Stuhl ablösen werde.

Aber die Jungfer ist hochfahrend und dunkelrot vor Zorn. Sie rückt und drückt und meint, der Schuster wolle sie narren. Dann zischt sie ihn an, hebt den Bock auf, wirft ein Tuch darüber und trägt ihn hinter sich und geradenwegs zu ihrem Vater aufs Rathaus hinüber.

Während Hein Oi nun alle klebenden Stühle verwünscht und doch die anderen beiden mit zolllangen Nägeln an den Boden festschlägt, damit sie ihm nicht auch aus dem Hause getragen werden, kommt der Bürgermeister mit zwei Wachtsoldaten angehumpelt. Er ist so dick, dass man in Kiel sagt, der Teufel habe ihn schon dreimal holen wollen, aber nicht mitschleppen können, und hat ein puterrotes Gesicht vor Zorn. Er ist indes ein ebenso gestrenger wie gerechter Herr, und weil es eine peinliche Sache ist, lässt er die zwei Wachtmänner noch vor der Tür zurück.

Er schnauft gewaltig, der Bürgermeister, als er bei Hein Oi in den Laden tritt, und sieht sich nach einem Platz um. Der Schuster will ihn gerade warnen, da sitzt er schon auf dem zweiten Stuhl, und Hein Oi steht mit hängenden Ohren da und merkt, dass er's jetzt austragen muss, so oder so.

Der Bürgermeister räuspert sich noch eine Weile, bis er wieder Atem hat, dann fragt er von unten herauf, was beim Donnerwetter dem Herrn in die Krone gefahren sei. Und er schwingt den silbernen Knüppel und beugt sich vor und brüllt, ob der Schuster nun augenblicks und in drei Teufels Namen seiner Dotte das Untergestell abnehmen wolle.

Hein Oi ist ganz ergeben in sein Los. Er kann nicht einmal das Grinsen lassen, und als der Bürgermeister das sieht, will er hoch und der Schande an die Kehle fahren. Er hüpft aber nur ein wenig, als sei er um die Hüften zu schwer geworden. Und er merkt jetzt selbst, in dieser Schusterei wird gehext.

Was er denn in Kuckucks Namen eigentlich wolle, fragt der Bürgermeister, so verdutzt ist er.

»Ach«, sagt Hein Oi geradeaus, »ich hab mich so in die schöne Dotte verliebt. Und ich möchte sie zur Frau haben.«

Der Alte glaubt erst, nicht recht verstanden zu haben; dann lästert er so unbändig, die Wachtmänner hören es durch den Türspalt und treiben wegen des obrigkeitlichen Respekts das Volk von allen Fenstern.

Ist aber doch einer hereingekommen, und das war nicht ihre Schuld. Wie sich die zwei Bullerbässe im Laden nämlich noch wegen der schönen Dotte anschreien, ist ein dritter feiner Herr in die Tür getreten, und als der Bürgermeister den sieht, hält er mitten in einem langen Fluch an und wird so weiß, wie er rot gewesen ist.

»Hier ist wohl vom Schuhkaufen die Rede?«, fragt der Teufel lächelnd – der ist es ja.

71

»Gewiss werden hier auch Schuhe verkauft«, sagt Hein Oi grob, er solle Platz nehmen.

Da ist nur noch der dritte Stuhl, und Bellhorn, der Teufel, setzt sich gehorsam.

Inzwischen hat der Bürgermeister wieder Atem geschöpft, aber es grimmelt und wimmelt ihm vor den Augen, er weiß wohl, weswegen der fremde Herr gekommen ist.

»Hein Oi«, stöhnt er, der scheint ihm auf einmal der einzige, der noch helfen kann, »Hein Oi, wenn ich heute heil nach Haus heimkehre, statt mit dem verruchten Gast weiterzufahren, so will ich wegen Dottes nichts wider dich haben.«

Zur gleichen Zeit ist auch draußen auf der Straße allerhand Lärm. Ach, die arme Jungfer wandelt selbst noch einmal in Hein Ois Laden herüber. Sie hätte sich den Weg durch das Volk gern erspart, aber weil ihr Vater nicht heimkommt, fürchtet sie, dass auch er in große Not geraten ist. Sie tritt also in den Laden, erkennt sogleich den furchtbaren Fremden und setzt sich voll Grauen ganz still auf ihren mitgebrachten Stuhl. Und sie merkt, dass sie einen von beiden erweichen muss, Hein Oi oder den Teufel. Da scheint es ihr doch besser, sich mit dem stolzen Schuster zu verbinden.

»Hein«, sagt sie und weist zum Fremden hinüber, »sitzt der auch fest?«

»Gewiss sitzt er«, antwortet der Schuster mutig, »und der soll wohl sitzen bleiben.«

»Wieso fest?«, fragt der Böse und will hoch und knattert und rattert und vergisst seine vornehmen Kleider.

„Hein", bittet die schöne Dotte, »wenn der hier kleben bleibt und Vater und ich deine verwünschten Stühle loswerden, dann tanz ich heut den ganzen Abend mit dir.«

»Kann geschehen«, sagt der Schuster und reicht ihr die Hand zum Einschlagen; er ist nun einmal ein vorsichtiger Mann.

Da ist der Heiratsvertrag ja nun eigentlich fertig. Hein Oi tut wie ein Zauberer und fängt an, der Jungfer und ihrem Vater je ein Paar neuer Stiefel überzupassen. Und er verlangt drei Goldpfennige von jedem, und sie bezahlen und begreifen immer noch nicht – und haben auch gar keine Zeit dazu, solch fürchterliches Geschrei macht der Teufel auf seinem Stuhl.

Wie sie jedoch wieder einmal rücken, sind sie wahrhaftig frei und eilen gleich im Bogen um den brüllenden, schwefelnden Teufel zur Tür hinaus.

Und sie haben den Bösen hungrig und durstig sieben Tage auf seinem Bock sitzen lassen, während der Bratenduft vom Bürgermeisterhaus schon über den Markt und durch die Straßen zog. Denn mit der Hochzeit haben weder Hein Oi noch die schöne Dotte lange warten wollen.

Schade ist's, dass die Kieler den Teufel schließlich doch haben laufen lassen. Sie haben aber zu viel Umstände mit dem hohen Gefangenen gehabt, heißt es; alle Nächte sind die Engel und guten Geister mit Triumph und Musik durch die Straßen gewandert, das haben Bürger und Studenten nicht ausgehalten. – Mir scheint zwar, es wäre besser, wenn der Teufel heute noch säße. Vielleicht gelingt's einem von uns ähnlich wie dem Schuster Oi. Er kriegt dann gewisslich auch die schönste Frau zum Lohn, sofern er nicht schon eine hat.

*Märchen aus Schleswig-Holstein*

# Der Teufelsbanner

In alten Zeiten lebte in einer Stadt ein junger Mann, Hans mit Namen, und in derselben Stadt wuchs ein Mädchen heran, Marian genannt. Hans hatte das Mädchen von klein auf gern. Da ihre Eltern in Freundschaft lebten, hatten sie auch nichts gegen eine Heirat der beiden einzuwenden. Als Hans nun glaubte, dass es an der Zeit sei, der Marian seinen Antrag zu machen, lachte diese ihn aus. Darüber wurde er über alle Maßen betrübt. Er aß und trank nichts mehr und trieb sich ganze Tage in den Wäldern herum. Als er nun eines Tages mitten im wildesten Wald durch eine tiefe, dunkle Schlucht ging, stand plötzlich ein großer, magerer Mann vor ihm mit einem hohen spitzen Hut und einem langen schwarzen Rock, der ihm bis auf die Füße ging. Hans erschrak.

Der Fremde aber redete ihn mit seinem Namen an und sprach ganz freundlich: »Dir muss ein großes Unglück zugestoßen sein, Hans. Sage mir doch, was es ist, vielleicht kann ich dir helfen.«

»Ach nein, mein Unglück ist zu groß und von der Art, dass niemand mir helfen kann.«

»Wer weiß, wer weiß, ich bin ein Gewaltiger und vermag sehr viel.«

Da erzählte ihm Hans, was ihm widerfahren war. Der Mann sann einen Augenblick nach und fragte dann: »Was würdest du dafür tun, dass dir noch heute Abend die Marian um den Hals fällt und deine Frau werden möchte?«

»Alles in der Welt will ich tun, du magst verlangen, was du willst.«

»Gut, gerade ein Jahr nach der Hochzeit, genau am Hochzeitstage, wird die Marian dir ein Knäblein schenken. Du sollst mir nun versprechen, dass dieser Knabe mein sein soll, wenn er das zwanzigste Jahr vollendet hat.«

Hans kam dieses Verlangen unheimlich und sonderbar vor, doch da er sehr verwirrt war, sagte er zu allem ja.

Da zog der Mann ein Blatt aus der Tasche, breitete es auf einem Felsen aus und sprach: »Du brauchst nur unter dieses Blatt deinen Namen mit Blut zu schreiben, so wird heute Abend noch die Marian die Deine.«

Dann ritzte er ihm mit einem kleinen Messer den Finger, fing mit einer Feder etwas Blut auf und drückte sie ihm in die Hand. Und der Hans schrieb, und sobald er geschrieben hatte, war der Mann verschwunden und ihm vergingen die Sinne.

Als er wieder zu sich kam, wusste er nicht, ob er alles nur geträumt hatte. Von einem Menschen war keine Spur zu sehen, nur hie und da im feuchten Moos Abdrücke wie von Pferdehufen.

Dem Hans wurde es unheimlich zumute. Ihm war, als käme ihm einer auf den Fersen nach und als fühlte er einen heißen Atem ihn anwehen.

Als er der Stadt näher kam, sah er ein Mädchen am Wege sitzen, das weinte bitterlich. Und als er näher herzukam, sah er, dass es die Marian war.

»Marian, warum weinst du so sehr?«

Da stand sie auf und fiel ihm um den Hals und bat ihn um Verzeihung: »Ich habe ja keinen Mann lieb als nur dich allein. Ich wollte dich ja nur ein wenig necken.«

Da wurde der Hans so froh, dass er alles andere vergaß, auch den Mann im Wald. Und alsbald wurde die Hochzeit gefeiert, und dann lebten sie herrlich und in Freuden.

Als ein Jahr herum war, schenkte ihm die Marian einen Knaben, genau am Hochzeitstag. Von nun an verfiel Hans oft in tiefe Traurigkeit. Und wie die Jahre herumgingen, ward es damit immer schlimmer. Niemand konnte sich das erklären, denn wenn ein

Mensch im Glück zu stecken schien, so war es der Hans. Darum meinten alle, es müsste wohl eine Krankheit sein. Er selber sagte auch so, denn er hätte um alles in der Welt sein Weib und Kind nicht wissen lassen mögen, was ihm soviel Angst und Kummer machte.

Jetzt konnte er sich genau an den Mann und jedes seiner Worte erinnern. Er wusste auch, dass er statt der Füße Pferdehufe gehabt hatte. So konnte er nicht mehr zweifeln, dass der Böse oder einer seiner Helfershelfer ihn überlistet hatte.

Als sein Sohn achtzehn Jahre alt war, kam gerade ein berühmter Pater in die Stadt. Da ging Hans zu ihm und sagte ihm im Beichtstuhl, was ihm damals im Wald begegnet war.

Der Pater machte ein ernstes Gesicht und sprach: »Oh mein Sohn, da hat dich deine Leichtfertigkeit oder das Blendwerk der Hölle in ein großes Unglück gebracht, dich und deinen armen Sohn, denn was Satanas hat mit Blut unterschrieben, das reißt ihm wohl so leicht keiner wieder aus den Krallen. Indes, komm heute Abend, wenn es dunkel geworden ist, in mein Haus, ich will dann sehen, was ich für dich tun kann.«

Als Hans am Abend kam, fand er den Pater im Gebet, und der hieß ihn ebenfalls niederknien und beten. Nachdem sie lange Zeit gebetet hatten, nahm der Pater ein Zauberbuch und ließ sich dann aufs Genaueste beschreiben, wie der Mann im Wald ausgesehen hatte. Darauf schlug er in dem Buche nach und las die Beschwörung ab. Alsbald entstand ein furchtbares Heulen und Sausen, und mit einmal stand der Teufel im Zimmer, ohne dass die Tür aufgegangen war. Er sah genauso aus wie der Mann im Wald.

»Bist du der Teufel Musulmuck?«, fragte ihn der Pater.

»Gewiss, Pfaff, was willst du von mir?«

»Du hast diesen Mann betört, dass er dir seinen Sohn verschrieben hat. Aber du hast kein Recht auf diesen guten und frommen Menschen. Gib also den Schein heraus!«

»Du und noch dreißig wie du, ihr macht mich den Schein nicht herausgeben, denn er ist mit seinem eigenen Blut unterschrieben.«

Und damit war er verschwunden.

»Jetzt weiß ich dir keinen Rat«, sprach der Pater, »aber geh zum Bischof, dem ist mehr Macht über die Teufel gegeben als mir.«

Da ging Hans zum Bischof. Dieser ließ auch wieder den Musulmuck kommen. Der Teufel aber antwortete wieder:

»Du und noch dreißig wie du, ihr macht mich den Schein nicht herausgeben, denn er ist mit seinem eigenen Blut unterschrieben.«

Und damit war er verschwunden.

»Jetzt weiß ich dir keinen andern Rat«, sagte der Bischof, »als du musst zum Papst nach Rom gehen, dem ist mehr Macht über die Teufel gegeben als mir.«

Da machte sich Hans auf die weite Reise nach Rom. Der Papst ließ wieder den Teufel kommen. Der antwortete wieder: »Du und noch dreißig wie du – und es gibt doch bloß einen wie du –, ihr macht mich den Schein nicht herausgeben, denn er ist mit seinem eigenen Blut unterschrieben.«

Und damit war er verschwunden.

»Jetzt weiß ich dir keinen Rat«, sagte der Papst, »als dein Sohn muss selber in die heiligen Länder gehen, dort gibt es Eremiten und heilige Männer, denen mehr Macht über die Teufel gegeben ist als mir.«

Und als Hans wieder zu Hause ankam, war er ganz abgemagert und trauriger denn je. Die Marian hatte längst gemerkt, dass er etwas auf dem Gewissen hatte. Endlich erzählte er ihr, was vorgefallen war.

Da erzählte die Marian dem Baptist, so hieß der Sohn, wie es um ihn bestellt war. Und alsbald ging der Baptist zu seinem Vater und sprach: »Wie du immer ein guter Vater zu mir warst, so will ich dir ein guter Sohn sein. Ich zürne dir nicht. Lass mich ziehen, dass ich keine Zeit verliere. Gott wird mich nicht verlassen.«

Nach einer langen, langen Wanderung kam Baptist endlich in die heiligen Länder. Und bald traf er auch heilige Männer. Aber er wurde von einem zum anderen geschickt, denn alle konnten sie wohl den Musulmuck kommen lassen, aber keinem wollte er die Schrift herausgeben.

Zuletzt wurde er an einen frommen Eremiten verwiesen, der weit, weit in der Wüste wohnen sollte, wo es weder Speise noch Trank mehr gab. Als er sich aber auf den Weg machen wollte, baten ihn alle, er möchte doch lieber nicht gehen, denn die meisten Wanderer kämen um in jener furchtbaren Wüste. Baptist aber sprach: »Ich bin ohnehin verloren, wenn Gott nicht ein Wunder tut. Mag ich denn in jener Wüste verschmachten, wenn es sein Wille ist.«

Und er wanderte viele Tage lang, und oft war er dem Tode nahe. Aber es kam immer wieder frische Kraft über ihn, so dass er sich weiterschleppen konnte.

Endlich sah er eine Hütte, die war ganz rund, wie ein spitzer Hut. Er konnte keinerlei Öffnung finden, nicht die geringste Spalte. Es war auch kein Laut zu hören. Baptist wollte schier verzweifeln, denn er glaubte nicht anders, als dass der heilige Mann gestorben sei. Endlich hörte er eine Stimme: »Bist du vom Bösen, so fahre von hinnen, bist du von Gott, so mache das Zeichen des heiligen Kreuzes.«

Da machte er das Zeichen des heiligen Kreuzes, und in der Hütte öffnete sich ein breiter Spalt, so dass er eintreten konnte. Darin saß ein Mann mit einem langen Bart, der fragte sofort nach seinem Begehr. Baptist war aber von Hunger und Durst so matt, dass er nichts mehr herausbringen konnte.

Da sprach der Mann: »Ich sehe, mein Sohn, dass du ermattet bist von den Mühseligkeiten der Reise und der Nahrung und

Stärkung bedarfst. Siehe, die Engel selber werden die Speise bringen für dich und mich.«

Er machte ein Zeichen an die Wand, und sogleich ward das Dach der Hütte aufgehoben, und zwei Engel schwebten herab und brachten für beide Speise und Trank. Als sie sich nun gestärkt hatten, brachte Baptist sein Anliegen vor. Da sprach der Eremit: »Das ist ein schwieriges und gefährliches Ding, denn was dem Satan mit Blut verschrieben ist, das gibt er so leicht nicht wieder heraus. Indes, ich bin der heiligste unter den Heiligen. Es ist doch möglich, dass die Teufel sich vor mir fürchten und dass du durch mich kannst erlöst werden.«

Und er beschwor den Musulmuck. Der kam auch sogleich, tat ganz vertraulich und redete ihn an: »Nun, was willst du, mein Brüderchen, mein Bester, was ist dein Begehren? Ach, ich sehe schon, da ist wieder dieser Baptist. Nein, nein, daraus wird nichts. Du und noch dreißig wie du, ihr macht mich den Schein nicht herausgeben, denn er ist mit seinem eigenen Blut unterschrieben.«

Und damit war er verschwunden. Da seufzte der Eremit und sprach: »Auch das Heiligste verschonen die Teufel nicht mit ihrem Gespött, auch nicht mich, der ich doch der heiligste unter den Heiligen bin. Jetzt weiß ich dir keinen Rat, als du musst zu meinem Bruder gehen, dem Teufelsbanner. Er hat Gewalt über alle Teufel, weil er noch böser ist als sie. Und wie ich der heiligste unter den Heiligen bin, so ist er der letzte unter den Letzten und der böseste aller Menschen. Wohl tut er zuweilen Gutes, aber nur aus reinem Übermut und um seine Knechte, die Teufel, zu ärgern. Wenn du zu ihm gehst, wird er wohl dein Fleisch fressen. Aber helfen kann er dir, wenn er gut gelaunt ist. Überlege, die Gefahr ist sehr groß.«

»Nur noch zwei Wochen sind es, dann werde ich das zwanzigste Jahr vollendet haben. Wenn Gott mir helfen will, so kann er es durch deinen Bruder wie durch andere Mittel.«

»So ziehe denn hin, mein Sohn. Hier hast du einen Kasten, darin liegt eine Kugel. Die Kugel musst du vor dir auf die Erde legen. Sie wird vor dir herrollen und dir den Weg zeigen. Wenn du Rast machen willst, so musst du sie in den Kasten legen, und alsbald wird Speise und Trank vor dir stehen zu deiner Stärkung. Nimm noch meinen Segen. Er wird dich schützen, denn ich bin der heiligste unter den Heiligen.«

Baptist ging nun etliche Tage durch die Wüste fort und dann durch Wälder und Berge. Endlich hielt die Kugel vor einem großen Schloss in einem einsamen Wald.

Als er angeklopft hatte, öffnete ihm eine vornehme Dame. Sie fragte ihn traurig: »Was führt dich hierher, du armer Mensch?«

Da erzählte er ihr alles, auch, was der heilige Eremit ihm von dem Teufelsbanner gesagt hatte. Und sie sprach: »Ach, es ist wahr, mein Mann ist böse und ein Mörder und Menschenfresser. Aber doch macht es ihm zuweilen Freude, seine große Macht zum Guten anzuwenden. Helfen kann er dir gewiss, wenn er will, denn alle Teufel müssen ihm gehorchen. Einstweilen will ich dich verstecken, damit er dich nicht gleich umbringt, wenn er in böser Laune heimkommt.«

Darauf führte sie ihn in den Keller und stülpte ein großes Fass über ihn. Nach einer Weile hörte er den Teufelsbanner heimkommen und rufen: »Ich rieche Menschenfleisch, her mit dem Erdwurm!«

»Ach was«, erwiderte die Frau, »du hast wieder ein paar umgebracht, du schändlicher Mörder, und der Blutgeruch steckt dir noch in der Nase.«

»Nein, hier ist Menschenfleisch, ich rieche es, her mit dem Erdwurm!«

Jetzt ging die Frau hinunter in den Keller und sagte: »Baptist, ich muss dich nun heraufholen. Aber du brauchst dich nicht zu fürchten, er ist nicht in seiner bösen Laune.«

»Ach«, dachte Baptist, »wenn der schon so schrecklich spricht, wenn er gut gelaunt ist, wie muss er da anzuhören sein, wenn er zornig ist!«

Als er ihn sah, wäre er fast in die Knie gesunken, denn der Teufelsbanner war ein Riese mit Augen wie Feuerräder. Wenn er sprach, so klirrten die Fensterscheiben. Er fragte Baptist nach seinem Begehr. Dieser konnte vor Angst nicht antworten. Da lachte der Teufelsbanner und sprach: »Ha, du Erdwurm, du musst erst etwas zum Fressen und Saufen haben, damit du Courage bekommst!«

Dann ließ er eine ganze Rinderkeule hereintragen und ein paar Eimer voll Wein und fing an, das Fleisch zu verschlingen wie ein wildes Tier. Den Wein schüttete er sich durch die Kehle, in den Magen hinein wie in ein Fass. Von Zeit zu Zeit warf er dem Baptist große Stücke zu und zwang ihn, so viel zu essen und zu trinken, dass er beinahe zu platzen meinte. Endlich fragte der Teufelsbanner ihn wieder nach seinem Begehr. Baptist erzählte ihm alles frisch heraus. Da wurde der Teufelsbanner immer aufgeregter und ging mit großen Schritten auf und ab. Als Baptist schwieg, starrte er lange vor sich hin und sprach endlich wie für sich: »Es ist lange her, dass einer gekommen ist, den ich in die Hölle hätte schicken können. Wenn es mir nur diesmal glücken möchte. Gleich morgen werde ich die Teufel versammeln.«

Da erschrak Baptist furchtbar. Als der Teufelsbanner das merkte, fuhr er ihn an: »Wenn ich dich in die Hölle schicke, darf niemand dir ein Haar krümmen, du Angstwurm!«

Dann stellte er wieder einen großen Eimer Wein vor ihn hin und schickte ihn ins Bett. Baptist war fast bewusstlos von dem vielen Wein, und doch konnte er nicht schlafen, so sehr quälte ihn die Angst vor der Hölle. Schon in aller Frühe hörte er den Teufelsbanner im Schloss umhergehen, denn er machte allerlei

Vorbereitungen für die Teufelsversammlung. Aber Baptist wagte nicht aufzustehen, und so schlief er endlich doch ein.

Als er erwachte, war es schon spät am Morgen. Der Teufelsbanner sprach zu ihm, sie müssten sich eilen. Da kleidete sich Baptist mit Zittern und Zagen an und folgte ihm. Zuerst führte er ihn in das Zimmer, in dem sie am Abend zuvor schon gesessen hatten. Ein ganzes Schwein war aufgetragen und ein riesiges Fass Wein. Der Teufelsbanner aß und trank gewaltige Mengen, und Baptist musste mithalten, so gut er es vermochte. Dann sprach der Teufelsbanner: »Höre mich an, und fasse Mut. Der Musulmuck ist ein Erzschuft unter den Teufeln. Der muss dich in die Hölle führen und dir die Schrift herausgeben. Dort musst du genau acht geben, was die Teufel schwatzen. Sie werden gewiss auch etwas über mich sagen. Halte Augen und Ohren offen und berichte hernach treu und ehrlich, mag es sein, was auch immer. Ich verspreche dir hoch und teuer, es soll dir nichts geschehen, weder in der Hölle noch von mir.«

Dann ging er hinaus in einen Garten, wo sehr viele Bäume standen, und blies auf einer Pfeife. Da erscholl ein grausiger Ton. Alsbald verfinsterte sich der Himmel, und eine große Schar Teufel stand im Garten, gerade so viel wie Bäume darin waren. Da rief der Teufelsbanner mit Donnerstimme: »Wo ist der Teufel Musulmuck?« Alle Teufel sahen einander ängstlich an und spähten umher. Aber der Musulmuck war nicht da. Da pfiff der Teufelsbanner noch einmal. Die Erde barst, und Flammen schlugen aus dem Boden auf. Und auf einmal war alles herum dicht voll Teufel, so viele wie Grashalme im Garten waren, und der Teufelsbanner rief wieder: »Wo ist der Teufel Musulmuck?«

Da erhob sich in der Ferne ein Geschrei. Zwei Teufel hatten den Musulmuck gepackt und schleppten ihn herbei. Obwohl dieser sich vor Angst kaum aufrecht halten konnte, begann er doch zu sprechen: »Du und noch dreißig wie du, ihr ...«

Weiter kam er nicht, denn der Teufelsbanner ließ eine furchtbare Peitsche auf ihn niedersausen, so lange, bis der Musulmuck heulte: »Herr, ich bin ja dein gehorsamer Diener.«

Da befahl der Teufelsbanner: »Du bringst den Baptist in die Hölle und gibst ihm den Schein. Dann bringst du ihn wieder hierher. Wenn dem Baptist auch nur ein Haar gekrümmt wird, und wenn an der Handschrift auch nur das Geringste fehlt, dann werde ich dich drei Tage lang peitschen, wie ich dich jetzt drei Minuten lang gepeitscht habe.«

Dann gab er ein Zeichen, und alle Teufel sausten davon. Der Musulmuck packte den Baptist und führte ihn weit fort durch die Luft und dann durch einen tiefen Spalt in die Hölle. Dort blieben sie in der Vorhalle stehen. Musulmuck gab einem anderen Teufel den Auftrag, den Schein zu holen, und da der ziemlich lang blieb, hatte Baptist Zeit genug, die Gespräche der Teufel zu belauschen. Wohl stiegen ihm die Haare zu Berge bei dem, was er sah und hörte, aber dennoch verlor er die Besinnung nicht. Als er endlich den Schein eingesteckt hatte, führte Musulmuck ihn zum Schloss zurück.

Der Teufelsbanner besah sich den Schein auf das Genaueste. Dann ließ er den Musulmuck ziehen. Als er fort war, fragte der Teufelsbanner hastig: »Hast du etwas gehört, und hast du es behalten?«

»Ja, Herr, aber es ist so furchtbar, dass ich es kaum über die Lippen bringen kann.«

»Fürchte dich nicht und sprich. Nur aus Furchtbarem kann mir Heil erwachsen.«

Da fing der Baptist an zu sprechen: »Zwei Teufel schafften am eisernen Stuhl. Da kam ein dritter vorüber. Was schafft ihr?, fragte der. – Den Marterstuhl für den, der uns lange gepeinigt. – Der Stuhl wird gut, doch habt ihr ihn noch nicht. – Das wird nicht mehr lange währen. – Ein Mittel gibt es noch, doch er weiß es nicht. – Was ist's? – Er muss seine Messer zählen im Haus und sich dann in so viele Stücke, wie Messer sind, zerschneiden lassen. – Das ist alles.«

Als der Teufelsbanner das hörte, kam eine schreckliche Unruhe über ihn. Lange währte sie aber nicht. Dann wurde er ganz gefasst und sprach zu Baptist: »Das ist wohl eine furchtbare Prüfung, die mir auferlegt ist, aber ich bin auch ein furchtbarer Missetäter und der böseste unter den Menschen. So will ich denn tragen, was mir auferlegt ist, damit ich unseren Heiland noch schauen darf.«

Dann suchte er alle seine Messer zusammen, und seine Frau musste ihm helfen. Als er alle Messer beieinander hatte, befahl er dem Baptist, ihn in Stücke zu schneiden. Dieser wollte zuerst nicht, aber der Teufelsbanner sprach: »Wie ich dich auf den Weg zur Seligkeit geführt habe, so sollst du sie mir bringen.«

Da tat Baptist jene schreckliche Arbeit. Als er dem Teufelsbanner den Kopf abgeschnitten hatte, siehe, da stand der wieder ganz da und bedankte sich. Sodann kamen Engel herbeigeflogen und trugen den Teufelsbanner geradewegs in den Himmel, und sie sangen und jubilierten dabei.

Die Frau des Teufelsbanners dankte dem Baptist und gab ihm noch viele schöne Geschenke mit auf den Weg. Er ging nun wieder seiner Kugel nach und kam vor die Hütte des Eremiten. Der war sehr verwundert, dass der Teufelsbanner ihn nicht aufgefressen hatte. Baptist musste ihm nun alles erzählen, was sich zugetragen hatte. Als er ans Ende kam und erzählte, wie der Teufelsbanner die Buße auf sich genommen hatte und in den Himmel getragen worden war, da vergaß der Eremit ganz seine Heiligkeit und rief zornig: »Was, der Mörder, der Menschenfresser ist in den Himmel gekommen!« Dann besann er sich aber wieder und blickte zum Himmel auf und sprach: »Oh Herr, wenn du schon jenem schrecklichen Mörder und Menschenfresser, dem bösesten aller Menschen, einen Platz in deinem Reiche gegeben hast, wie musst du erst das Füllhorn deiner Gnade über mich ausschütten, der ich der heiligste unter den Heiligen bin. Wie danke ich dir, Herr, dass ich nicht so bin wie jene, sondern der heiligste unter den Heiligen.«

Als er das gesprochen hatte, ward es finster auf der Erde, und furchtbarer Donner rollte durch die Luft, und Flammen schlugen aus dem Boden. Von allen Seiten huschten die Teufel herbei. Sie hoben den Eremiten auf und zerrissen ihn in den Lüften. Und dann ward er auf den Stuhl gesetzt, der für den Teufelsbanner gemacht worden war. Als die Finsternis und das Toben begann, hatte Baptist sich auf das Antlitz geworfen und gebetet. Als es wieder still geworden war, erhob er sich, und da war wieder heller Sonnenschein, und alles war wie zuvor, nur die Hütte des Eremiten war verschwunden.

Aber der Kasten mit der Kugel stand vor ihm, und nun ließ er sich an den Ort zurückführen, von wo aus er die Wüste betreten hatte. Dort verschwand die Kugel.

Dann machte er sich auf die Wanderung zu seinen Eltern und kam überall glücklich durch.

Seine Eltern hatten inzwischen in tiefer Traurigkeit gelebt, denn da die Frist längst vorüber war und sie nichts mehr von ihm gehört hatten, so glaubten sie nicht anders, als dass ihr einziger Sohn dem Satan verfallen sei. Umso größer war die Freude, als er nun wiederkam. Und so lebten sie noch lange in großem Glück.

*Märchen aus Lothringen*

# DIE RÜCKKEHR DES HERRN

E s war einmal ein edler Herr, der war fromm wie ein Geistlicher, stark und kühn wie Samson und klug wie kein Zweiter. Oft verteilte er milde Gaben vor dem Tor seines Schlosses. Er beschützte die Armen vor den Reichen, die ihnen Unrecht taten. Schon drei Jahre war er mit der schönsten und treuesten Frau des Landes verheiratet, und die beiden liebten sich über alle Maßen. Zu ihrem großen Kummer hatten sie keine Kinder. Deswegen bedauerte sie ein jeder. Die Frau wollte schließlich das Schloss gar nicht mehr verlassen. Da machte sich der edle Herr zu einer Pilgerfahrt auf. Er wanderte zu der Kirche von Bedharram in den Pyrenäen. Als er dort angekommen war, kniete er vor dem Hochaltar nieder und betete zur Mutter Gottes:

»Heilige Jungfrau, wenn meine Gemahlin ein Kind zur Welt bringt, so gelobe ich, dass ich für sieben Jahre ins Heilige Land ziehen will, um dort die Feinde Gottes zu bekämpfen.«

Dann kehrte der edle Herr in sein Schloss zurück. Als ein Jahr vergangen war, gebar seine Gemahlin einen schönen Knaben. Nach der Tauffeier sprach der edle Herr zu seiner Gemahlin: »Meine liebe Frau, ich habe der Heiligen Jungfrau von Bedharram gelobt, dass ich sieben Jahre lang ins Heilige Land ziehen will, um dort die Feinde Gottes zu bekämpfen, wenn wir ein Kind bekommen sollten. Es erfüllt mich mit großem Schmerz, dass ich dich nun allein lassen muss. Lange wird es wohl nicht dauern, und es werden Männer kommen, die um dich freien. Sie werden dir erzählen, ich sei im Heiligen Land zu Tode gekommen.

Schenke ihnen keinen Glauben! Sie wollen nur unseren Sohn vergiften und uns unser Hab und Gut nehmen. Wenn ich zurückkomme, werde ich schon mit ihnen abrechnen. Es ist möglich, dass du mich dann nicht mehr wiedererkennst. Schau, hier ist unser Ehevertrag. Ich habe ihn in zwei Teile geschnitten und behalte die eine Hälfte bei mir. Nimm du die andere und trenne dich niemals davon, weder bei Tag noch bei Nacht! Zeige ich dir meine Hälfte, so wirst du Gewissheit haben, dass ich selbst es bin, der vor dir steht.«

»Mein lieber Mann, es sei so, wie du gesagt.«

Der edle Herr zog also ins Heilige Land. Er kämpfte dort mutig wie ein Löwe, ein ganzes Jahr hindurch. Eines Tages aber stürzte er vom Pferd, wurde von den Feinden Gottes gefangen genommen und in einen Turm gesperrt. Von nun an gelangte keine Nachricht mehr von ihm in sein Heimatland. Dort lebten drei Brüder, die waren so stark wie die Stiere und böse wie die Bewohner der Hölle. Diese drei hielten nun untereinander Rat und sprachen: »Einer von uns muss die Frau des Edelmannes, der ins Heilige Land gezogen ist, zur Frau nehmen.«

Darauf traten sie vor die Frau: »Guten Tag, Herrin!«

»Guten Tag, meine Herren, was kann ich für Euch tun?«

»Oh Herrin, wir haben gehört, Euer Gemahl sei im Heiligen Land im Kampf gefallen. Wenn das wahr ist, so müsst Ihr einen von uns heiraten.«

»Meine Herren, ich habe keinen Beweis dafür, dass mein Gemahl im Heiligen Land gefallen ist. Also kann ich, wie Ihr seht, auch keinen von Euch zum Gatten nehmen.«

»Nun, so werden wir als die Herren in diesem Schloss bleiben, bis der Beweis erbracht ist.«

Die drei Brüder taten, wie sie gesagt hatten. Die edle Frau und ihr Sohn fanden keine Verwandten oder Freunde zu ihrem Schutz. Tag und Nacht ließen diese Schufte es sich wohl sein im Schloss. Sie verkauften die Ernten und verspielten deren Erlös. Als genau fünf Jahre seit dem Weggang des edlen Herrn vorübergegangen waren, sprachen die drei Brüder zu der Frau: »Herrin, Euer Gemahl ist nun schon seit fünf Jahren fort. Er ist sicher tot.

Ihr müsst jetzt einen von uns zum Gatten nehmen, wenn Euch Euer Leben und das Eures Sohnes lieb ist.«

»Ihr Herren, weil mein Gemahl wohl tot ist, will ich Trauer um ihn tragen. Ein ganzes Jahr lang werde ich um ihn trauern und Gott um Gnade für seine arme Seele anflehen. Nach dieser Frist wähle ich einen von Euch dreien zum Gatten.«

Es hatte sich aber der Teufel im Gemach der Schlossherrin versteckt. Hundertmal schneller als der Blitz war er im Turm bei dem gefangenen Herrn im Heiligen Lande. Und er sprach zu ihm: »Höre mich an, drei Brüder haben sich als Herren in deinem Schloss niedergelassen. Sie sind stark wie die Stiere und böse wie die Bewohner der Hölle. Deine Frau und dein Sohn haben keine Verwandten und keinen Freund zum Schutz. Tag und Nacht prassen diese Kerle, verkaufen die Ernten und verspielen alles Geld. Vor drei Tagen sprach deine Frau zu ihnen: ›In einem Jahr wähle ich mir einen von Euch dreien zum Gatten.‹ Solches geht vor in deinem Schlosse. Wenn du mir nur einen Tropfen deines Blutes gibst, bringe ich dich in drei Tagen in die Nähe deines Schlosses.«

»Oh Teufel, dieser Preis ist mir zu hoch.«

Da verschwand der Teufel, und der Herr blieb allein in seinem Gefängnis zurück. Die drei Brüder führten ein ganzes Jahr hindurch das gleiche Lotterleben, ohne dass die Frau und ihr Sohn einen Verwandten oder Freund fanden, der sie verteidigt hätte. Tag und Nacht prassten die Kerle und verkauften die Ernten, um deren Erlös zu verspielen. Als genau sechs Jahre seit dem Weggang des Herrn vorüber gegangen waren, sprachen die drei Brüder zu der Frau: »Herrin, die Trauerzeit ist jetzt vorüber. Einen von uns müsst Ihr nun zum Gatten nehmen.«

»Ihr Herren, ich habe schon einen von Euch ausgewählt. Aber erst, wenn wir zur Kirche gehen, will ich seinen Namen kundtun. Bis dahin gebt mir noch ein Jahr Zeit, dass ich mein Hochzeitsgewand nähen kann.«

Wiederum hatte sich der Teufel im Gemach der Schlossherrin versteckt. Hundertmal schneller als der Blitz schoss er davon und war bei dem gefangenen Herrn in seinem Turm im Heiligen Lande. Und er sprach: »Höre mich an, noch immer führen die drei Brüder das gleiche Leben in deinem Schloss. Deine Frau und dein Sohn haben keinen Verwandten oder Freund zu ihrem Schutz. Tag und Nacht prassen diese Lumpen, verkaufen die Ernten und verspielen alles Geld. Du musst nur die Worte sprechen: ›Mein Teufel, ich gehöre dir‹, und ich bringe dich in drei Tagen in die Nähe deines Schlosses.«

»Oh Teufel, dieser Preis ist mir zu hoch.«

Da verschwand der Teufel, und der Herr blieb allein in seinem Gefängnis zurück.

Die drei Brüder führten nun das gleiche Leben weiter, ohne dass die Frau und ihr Sohn einen Verwandten oder Freund zu ihrer Verteidigung fanden. Tag und Nacht ließen sie es sich wohl sein, prassten im Schloss, verkauften die Ernten und verspielten das Geld. Es fehlten nur noch drei Tage bis zum Ablauf der Jahresfrist.

Da flog der Teufel noch einmal los, er war hundertmal schneller als der Blitz und stand auch schon vor dem gefangenen Herrn in seinem Turm im Heiligen Lande. Und er sprach: »Höre mich an, noch immer führen diese drei Schufte das gleiche Leben in deinem Schloss. Sie prassen Tag und Nacht, verkaufen die Ernten und verspielen alles Geld. Bald, bald ist der Tag da, an dem deine Frau gezwungen ist, einen dieser drei zu heiraten. Wenn du mir nur einen Teil des ersten Mahles, das du mit deiner Frau und deinem Sohn zusammen essen wirst, versprichst, so bringe ich dich in drei Tagen in die Nähe deines Schlosses.«

»Oh Teufel, wenn du dein Wort hältst, so verspreche ich dir einen Teil des ersten Mahles, das ich mit meiner Frau und meinem Sohn zusammen speisen werde.«

Da setzte der Teufel den edlen Herrn rittlings auf seinen Rücken. Er trug ihn mit einem Schlag seiner Flügel über die Wolken und flog mit ihm davon, hundertmal schneller als der Blitz. Am ersten Tag sprach der Teufel: »Halte dich gut fest! Schau hinunter zur Erde! Was siehst du?«

»Ich sehe, wie die Städte und Dörfer vorüber fliegen. Ich sehe, wie die Flüsse und die großen Wälder vorüber fliegen. Ich sehe die Berge und die weiten Ebenen vorüber fliegen.«

»Sprich: ›Mein Teufel, ich gehöre dir‹, oder ich werfe dich ab!«

»Teufel, nur das sollst du bekommen, was ich dir versprochen habe.«

Am zweiten Tage sprach der Teufel: »Halte dich gut fest! Schau hinunter zur Erde! Was siehst du?«

»Ich sehe, wie das weite Meer vorüber fliegt. Ich sehe, wie die Inseln vorüber fliegen. Ich sehe die Schiffe vorüber fliegen.«

»Sprich: ›Mein Teufel, ich gehöre dir‹, oder ich werfe dich ab!«

»Teufel, nur das sollst du bekommen, was ich dir versprochen habe.«

Am dritten Tage sprach der Teufel: »Halte dich gut fest! Schau hinunter zur Erde! Was siehst du?«

»Ich sehe mein Heimatland. Ich sehe mein Schloss. Ich sehe meine Frau am Fenster stehen. Sie kämmt meinem Sohn die Haare mit einem goldenen Kamm. Sie blickt weit, weit in die Ferne und hält Ausschau, ob ich nicht doch zurückkomme.«

»Sprich: ›Mein Teufel, ich gehöre dir‹, oder ich werfe dich hinab!«

»Teufel, du sollst nur das bekommen, was ich dir versprochen habe.«

Da setzte der Teufel den edlen Herrn in der nächsten Nähe seines Schlosses ab. Der arme Mann aber war so zerlumpt, dass er aussah wie ein Bettler. Er verbarg sich bis zum Einbruch der Dunkelheit. Dann klopfte er an das Schlosstor, ohne Furcht und ohne Zagen. Diener öffneten ihm und fragten: »Armer Mann, was ist dein Begehr?«

»Ihr Diener, sagt mir, wer ist der Herr dieses Schlosses?«

»Armer Mann, der hier herrschte, ist im Heiligen Land gefallen. Morgen heiratet seine Frau ein zweites Mal. Oben im Saal sitzt sie und speist mit ihrem Sohn und ihren drei Freiern.«

Da stürmte der Herr schneller als der Wind die Treppen hinauf. Er rief: »Guten Abend, meine Herren, ich habe eine Botschaft aus dem Heiligen Lande für Euch!«

»Armer Mann, welcher Art ist deine Botschaft?«

»Die Botschaft, die ich bringe, besagt, dass hier drinnen drei Taugenichtse sind, die so tun, als wären sie die Herren, drei Tunichtgute, die kein Erbarmen mit einer Frau und einem Kinde kennen. Die Botschaft, die ich bringe, lautet, dass dieses Gesindel kein Unheil mehr stiften kann.

Die Botschaft, die ich bringe, lautet, dass hier auf diesem Tisch scharfe und spitze Messer liegen. Bewaffnet Euch und lasst uns kämpfen. Dem Stärksten soll die Krone gehören. Los!«

Im Handumdrehen lagen die drei bösen Brüder wie geschlachtete Schweine tot am Boden.

Da begrüßte der Herr seine Frau und sprach zu ihr: »Herrin, Ihr habt mein Werk gesehen, was sei der Lohn für diese Arbeit?«

»Armer Mann, ich will dir die Hälfte meines Vermögens geben.«

»Herrin, das ist mir nicht genug. Ich will Euch zur Gemahlin nehmen.«

»Nein, armer Mann, niemals werde ich deine Gemahlin sein.«

»Herrin, Ihr habt meine Arbeit gesehen. Wenn Ihr noch einmal nein sagt, töte ich Euch und Euer Kind auf gleiche Weise!«

»Wir stehen alle in Gottes Hand. Sein Wille soll geschehen. Ich sage nein. Keinen von diesen dreien habe ich zum Gemahl gewählt, und ich will auch dich nicht heiraten. Töte uns nur, mich und meinen Sohn.«

»Herrin, das wäre großes Unrecht, denn Ihr seid meine Frau, und dieses Kind ist mein Sohn.«

»Armer Mann, du musst mir beweisen, dass du die Wahrheit sprichst, dass ich deine Frau bin und dieses Kind dein Sohn ist.«

»Liebe Frau, hier ist meine Hälfte unseres Ehevertrages. Zeige du mir nun die deine!«

»Ach, es ist wahr. Du bist mein Gemahl.«

Da umarmte der Herr seine Frau und seinen Sohn. Sie setzten sich alle zu Tisch und speisten vergnügt. Beim Dessert erschien auf einmal der Teufel, gerade in dem Augenblick, als der Herr die letzten Reste eines Tellers voller Nüsse aß.

»Teufel, da bist du ja. Du bist wohl gierig auf deinen Lohn. Du sollst mehr erhalten, als ich versprochen habe. Hier, packe die Leichen dieser Lumpen und fahr damit zur Hölle!«

»Schon recht. Aber du hast mir auch einen Teil des ersten Mahles versprochen, das du mit deiner Frau und deinem Sohn essen wirst.«

»Das ist wahr und richtig, Teufel. Warte nur einen Augenblick.«

Der Herr betrachtete nun ganz genau die Schalen der Nüsse, die er verzehrt hatte, um sicher zu sein, dass nicht ein bisschen von der Frucht im Holz der Schale übrig geblieben sei. Dann sprach er: »Hier Teufel, da hast du das, was ich dir versprochen habe.«

Der Teufel griff rasch die Nussschalen und sah sie lange und gründlich an. Aber so sehr er sich auch bemühte, es war nicht die geringste Spur von der Frucht im Holz der Schale zurückgeblieben. Da sprach der Teufel zu dem Herrn: »Wisse, du bist ein kluger Mann. Hätte ich auch nur das geringste Stückchen Frucht in den Schalen gefunden, wärst du mit deiner Frau und deinem Sohn von mir in die Hölle geschleppt worden.«

So musste sich der Teufel mit den Leichen der drei Freier zufrieden geben und zog enttäuscht ab. Der Schlossherr und seine Familie gingen zu Bett. Noch lange Zeit lebte der Herr mit seiner Gemahlin und seinem Sohn in Glück und Frieden. Und als sie starben, nahm Gott sie in sein Paradies auf.

*Märchen aus der Gascogne*

# DER HÖLLENHUND

In einer großen Stadt lebte einmal ein König. Seine Frau war gestorben. Er hatte nur eine einzige Tochter, die ließ er niemals allein, und er hütete sie wie seinen Augapfel.

Wenn er doch einmal verreisen musste, so waren immer zwei Dienerinnen um sie.

Eines Tages gingen die drei spazieren. Und sie gelangten an einen Kreuzweg. Da stand dort ein Tier, halb Hund, halb Drache. Er hatte Feueraugen und Fledermausflügel. Die Mädchen erschraken zu Tode und konnten sich nicht mehr rühren, weder vorwärts noch rückwärts. Das Untier stürzte sich auf sie und schleuderte sie in die Luft. Als sie herabfielen, landeten sie geradewegs auf dessen Buckel. Und das Untier nahm sie schnurstracks mit in die Hölle.

Dies alles hatte ein alter Hirte, der in der Nähe seine Schafe hütete, mit angesehen. Eilends lief er zum König und erzählte ihm, was geschehen war. Da war der König außer sich vor Kummer und Leid. Er gelobte Wallfahrten, ließ Messen lesen und im ganzen Land beten. Und er ließ verkündigen: »Wer meine Tochter aus der Hölle herausholen kann, der bekommt sie zur Frau und das ganze Königreich dazu.«

Da kamen viele Prinzen und edle Herren, die ihr Glück versuchen wollten. Sie sagten, sie hätten den Schneid, in die Hölle zu gehen und die Prinzessin samt ihren Dienerinnen herauszuholen. Aber die einen fanden den Weg nicht, und die anderen liefen davon, als sie in die Nähe der Hölle kamen und dort das Lärmen und Kreischen hörten und die Hitze spürten und den Gestank rochen. Der König geriet bald in Verzweiflung.

Nun lebte in jenem Lande auch eine arme Witwe, die war so arm, dass sie nicht das Salz für die Suppe und kein Brot im Haus hatte. Sie hatte einen einzigen Sohn. Das war ein schöner junger Mann, der ein gutes Herz hatte. Tag und Nacht betete er darum, dass der Himmel ihm ein Zeichen geben möge, auf dass er den Weg in die Hölle fände und den Mut hätte, hineinzugehen. Und er dachte, dass all ihre Not vorüber wäre, wenn er die Prinzessin befreien könnte.

Er schlief ein und träumte, dass er in den Wald ginge. Dort wohnte eine alte Frau in einer Höhle, und die gab ihm eine Weidenrute. In die Richtung, in die die Rute weisen würde, solle er gehen. Und wenn die Rute ausschlagen würde, so befände er sich vor der Höllenpforte. Er solle sich nicht fürchten und nicht den Mut verlieren. Weihwasser solle er mitnehmen und das Kreuzzeichen machen. Dann könnte er die Prinzessin aus den höllischen Flammen erlösen.

Am andern Morgen machte er sich auf den Weg in jenen Wald. Und er ging und ging. Da begegnete er einer alten Frau, die ein Bündel Holz auf dem Kopfe trug. Er sprach zu ihr: »Guten Morgen, Base. Lasst mich Eure Last tragen. Sie ist zu schwer für Euer Alter.« Die alte Frau gab ihm ihre Bürde, und er trug sie bis zu jenem Felsen. Da sprach die Alte: »Was ist dein Begehr, junger Mann?«

Und da erzählte er ihr seinen Traum. »Gut«, sprach die Alte, »weil du mir geholfen hast, so helfe ich dir auch.«

Sie ging in die Felsenhöhle hinein und kam mit einer Weidenrute wieder heraus. Die Rute war noch ganz frisch und grün.

Die alte Frau sprach: »Diese Rute wurde am Karfreitag geschnitten. Sie hat besondere Kraft. Was sie dir anweist, das musst du tun. Aber zuvor musst du noch zwei Proben bestehen. Fürchte dich nicht und verlier den Mut nicht. Am ersten Kreuzweg wird ein schwarzer Hahn an dir vorüber laufen. Den musst du fangen und ihm die größte Schwanzfeder ausreißen. Am nächsten Kreuzweg steht ein riesengroßer Geißbock. Der wird mit seinen

Hörnern auf dich losgehen. Aber fürchte dich nicht. Pack ihn bei den Hörnern und reiße ihm sein längstes Barthaar aus.«

Der Jüngling bedankte sich vielmals bei der guten Alten und machte sich auf den Weg. Er hielt die Weidenrute in der Hand, und wohin sie wies, dort ging er hin. Schließlich kam er an den ersten Kreuzweg. Er sah den schwarzen Hahn. Dieser lief fort. Aber der Jüngling rannte ihm hinterher und bekam ihn an den Schwanzfedern zu fassen. Er riss ihm die größte Feder aus und wanderte weiter.

Immerzu wies ihm die Rute den Weg. Endlich kam er zu dem zweiten Kreuzweg. Und da stand ein riesengroßer Geißbock mitten auf dem Wege und wollte ihn mit seinen Hörnern stoßen. Der Jüngling, nicht faul, sprang auf ihn zu und packte ihn bei den Hörnern und riss ihm sein längstes Barthaar aus. Der Geißbock machte ein paar Sprünge und verschwand. Und der Jüngling zog munter weiter. Nichts konnte ihn mehr aufhalten. Er legte das Haar in seine Mütze. Dort hatte er auch die Feder aufbewahrt. So konnte er beides nicht verlieren. Er wanderte unentwegt weiter, und die Weidenrute zeigte ihm den Weg.

Auf einmal stand er vor einem großen, großen schwarzen Tor. Dahinter hörte er ein Geschrei und Gekreisch, ein Lärmen und Toben, dass man sein eigenes Wort nicht mehr verstand. Da dachte er: »Dies muss wohl das Höllentor sein.«

Er klopfte an das Tor. Aber niemand antwortete ihm. Da nahm er seine Weidenrute und klopfte damit noch einmal. Und siehe da, die Pforte ging von selber auf. Ein kleiner feuerroter Teufel sprang auf ihn zu und fragte ihn nach seinem Begehr.

»Ich suche die Tochter unseres Königs und ihre zwei Dienerinnen. Der Höllenhund hat sie fortgeschleppt.«

»Ach, die«, sprach der Teufel, »die sind ganz weit hinten in der Hölle gut versteckt. Da musst du erst nach rechts gehen, dann nach links, dann wieder nach rechts, dann um die Ecke herum, dann stracks geradeaus, hundert Schritt, und du bist da.«

Der Jüngling ging sogleich los, und der kleine Teufel kicherte hinter ihm her, denn er dachte, der Jüngling könnte dies alles nicht im Gedächtnis behalten. Er hätte es sich in der Tat nicht merken können, wenn ihm die Weidenrute nicht den Weg gewiesen hätte. Jedes Mal, wenn er an eine Ecke oder Kehre kam, so schlug die Weidenrute aus, und er konnte nicht fehlgehen.

Er kam vor eine Tür, die war rot wie Feuer. Da klopfte er mit seiner Weidenrute an, und die Türe tat sich sofort auf. Da saßen in einer Kammer die drei jungen Mädchen und spannen an einem ganz feurigen Faden. Der Höllenhund war aber nicht bei ihnen. Jetzt sagte er ihnen schnell, weshalb er gekommen war. Da berieten sie miteinander, was zu tun sei.

Die Mädchen sprachen: »Gleich kommt der Höllenhund heim. Du hast keine Zeit mehr, um zu fliehen. Leg dich rasch unter das letzte Bett und rühr dich nicht, bis wir dich rufen!«

Und da ging auch schon die Tür auf, und der Höllenhund kam herein, fletschte die Zähne und brüllte: »Ich rieche Menschenfleisch!«

»Ach, du irrst dich«, sprach die eine, »wir haben einen Hasen geschlachtet, und das ist es, was du riechst.« Da gab sich der Höllenhund zufrieden, legte sich in die Asche und schlief ein. Am anderen Morgen stand er in aller Frühe auf und sprach, er habe es eilig, denn es gäbe eine Prozession, bei der er dabei sein müsse. Er müsste sich darum kümmern, dass die Musik von der Feuerwehrkapelle falsch klinge, dass die Trommler falsch trommeln und die Trompeter verkehrt blasen. Dann werde der Pfarrer böse, sprach er, und die Leute hätten etwas zu lachen bei der Prozession. Kaum hatte er diese Worte gesprochen, da war er auch schon fort.

Nun holten die drei Jungfrauen den Jüngling unter dem Bett hervor und sprachen: »Wir wissen nicht, wann er wiederkommen wird. Er könnte uns erwischen. Wenn du ihn kommen hörst, dann krieche unter das zweite Bett und rühr dich nicht.«

Als es nun Abend wurde, gab es plötzlich einen großen Aufruhr vor der Höllentür. Rasch kroch der Jüngling unter das zweite Bett. Da stürmte auch schon der Höllenhund herein und schrie und brüllte: »Es riecht nach Menschenfleisch, wo ist der Mensch?«

»Ach was«, sprachen die jungen Mädchen, »wie soll denn ein Mensch ohne dein Zutun in die Hölle kommen? Wir haben einen Gockelhahn geschlachtet, und den riechst du.«

Da gab sich der Höllenhund zufrieden, legte sich in die Asche und schlief ein.

Am anderen Morgen sprach er: »Heute gibt es da oben auf der Erde eine Leichenfeier. Ich habe die Seele noch nicht erwischen können. Tag und Nacht haben sie gebetet und gesegnete Kerzen abgebrannt und mit Weihwasser herumgespritzt. Ich muss gehen und schauen, ob es nicht einen Augenblick gibt, wenn sie den Sarg hinaustragen, in dem ich die Seele doch kriege, bevor dass der Pfarrer kommt.«

Kaum hatte er diese Worte gesprochen, da war er auch schon fort.

Die drei holten den Jüngling nun unter dem Bett hervor. Sie überlegten alle miteinander, was nun zu tun sei.

Schließlich sprach die Prinzessin: »Morgen geht er auf eine Hochzeit. Dort wird getrunken und getanzt die ganze Nacht. Da kommt er nicht vor dem anderen Morgen zurück. Wir werden dann genug Zeit haben, um alles für die Flucht vorzubereiten. Heute Nacht musst du noch einmal unter einem Bett schlafen. Nimm dieses Mal das Meinige. Aber sprich nicht, und rühr dich nicht!«

Schon hörte man wieder einen gewaltigen Krach und ein schreckliches Gezeter vor der Höllentür. Herein kam der Höllenhund gestürzt und schrie und brüllte, dass die Wände wackelten: »Ich rieche Menschenfleisch, wo ist der Mensch? Ich will ihn fressen!«

»Ach was«, sprachen die Jungfrauen, »die Menschen, das sind doch wir, und uns hast du ja schon. Du bist müde und musst schlafen.«

Der Höllenhund gehorchte, legte sich in die Asche und schnarchte bald wie ein paar Ochsen.

Am anderen Morgen brach er früh auf. Im Hui ging's davon zu der Hochzeitsgesellschaft. Da hatte er genug Arbeit den ganzen langen Tag. Dort wurde gezecht und getanzt. Allerhand Dummheiten wurden ausgeheckt. Der Höllenhund spitzte fleißig die Ohren, damit ihm ja kein Wörtchen entginge.

Unterdessen hatten die drei Jungfrauen alles für die Flucht vorbereitet. Sie hatten sich zusammen mit dem Jüngling unbemerkt durch die Hölle geschlichen. Als sie am Haupttor anlangten, schlug der Jüngling mit seiner Weidenrute dagegen. Und siehe da, das Tor sprang auf. Vor der Höllenpforte aber stand eine Kutsche, die mit sieben Rappen bespannt war. Rasch stiegen sie ein. Der Jüngling setzte sich auf den Kutschbock. Er gab den Pferden einen leichten Schlag mit seiner Weidenrute. Im Handumdrehen schossen sie davon, dass die Funken von den Hufen stoben. Aber auf einmal blieben die Pferde wie angewurzelt stehen und gingen keinen Schritt mehr weiter. Sie waren nämlich zu dem Kreuzweg gekommen, an dem der Geißbock stand. Dieser versperrte ihnen den Weg und meckerte voller Zorn: »Gebt mir mein Barthaar wieder, gebt mir mein Barthaar wieder, oder ich lasse euch niemals durch!« Da nahm der Jüngling das Haar aus seiner Mütze und warf es ihm zu. Im Nu galoppierten die Pferde wieder weiter, und sie waren schneller als der Sturmwind. Aber auf einmal blieben die Pferde wieder wie angewurzelt stehen und gingen keinen Schritt mehr weiter. Sie waren nämlich zu dem Kreuzweg gekommen, den der Hahn bewachte. Dieser flatterte wütend vor ihnen auf, schlug gewaltig mit den Flügeln und krähte und kreischte: »Meine Schwanzfeder will ich haben, meine

Schwanzfeder will ich haben, oder ihr kommt niemals durch!« Da nahm der Jüngling die Mütze vom Haupt, holte die Feder hervor und warf sie zu dem Hahn hinab. Im Nu galoppierten die Pferde wieder weiter, und sie waren schneller als der Blitz.

Endlich kamen sie zur Saargemünder Brücke. Da stand dort die alte Frau und sprach: »Junger Freund, gib mir meine Weidenrute wieder. Du brauchst sie nun nicht mehr. Bald werdet ihr zu Hause sein.«

Und da stieg der Jüngling vom Kutschbock herab und reichte der Alten die Weidenrute. Die Prinzessin und ihre beiden Gefährtinnen stiegen auch aus der Kutsche und dankten ihr. Dann nahmen sie die alte Frau mit in die Kutsche und fuhren weiter. Sie fuhren noch ein Stück. Auf einmal sahen sie das königliche Schloss von weitem blinken. Da nahm die alte Frau die Weidenrute und strich den Pferden über den Rücken. Im selben Augenblick machten diese kehrt und waren verschwunden und die Alte mit ihnen.

Der Jüngling ging nun mit der Prinzessin und ihren beiden Begleiterinnen zu Fuß zum Schloss. Der Trompeter blies einen Gruß vom Turm herab. Die Brücke wurde herabgelassen, schnell waren sie im Schloss. Jubel und Freude waren groß. Der König ließ alle Glocken läuten und überall im Lande Dankgottesdienste feiern. Dann wurde die Hochzeit seiner Tochter vorbereitet.

Die Mutter des Jünglings wurde an den Hof geholt. Die beiden Dienerinnen hielten zur gleichen Zeit wie die Prinzessin Hochzeit. Sie heirateten die beiden höchsten Minister. Drei Wochen dauerte das Hochzeitsfest.

Später wurde der Jüngling ein guter und gerechter König.

Und jetzt ist die Geschichte aus. Wer sie glauben möchte, kann sie getrost glauben. Sie ist wahr, denn die Mutter des Jünglings hat sie selbst meiner Urgroßmutter erzählt.

*Märchen aus Lothringen*

# DER ARME ROM UND DER TEUFEL

Es war einmal ein Rom, der hatte zwölf Kinder. Er war sehr arm, aber er hatte eine Geige, und mit der ging er im Fasching musizieren. Das ganze Dorf war er schon abgegangen, viel Brot hatte man ihm gegeben und Geld auch. Nur beim Müller war er noch nicht gewesen, und er sagte zu sich: »Jetzt muss ich zum Müller gehen.« Als er nun beim Müller eintreten wollte, kam der Müller mit einer großen Hacke heraus. Er sagte zum Rom: »Spiel nicht, Rom! Mir ist ein großes Unglück widerfahren.«

»Was gibt es?«, fragte der Rom, »könnte ich dir nicht helfen?«

»Oh ja«, sagte der Müller, »zu mir kommt der Teufel jede Nacht um zwölf Uhr mahlen!«

Nun sagte der Rom: »Diese Nacht werde ich bei dir sein.«

Um zwölf Uhr kam der Rom. Der Müller hatte ihm ein großes Brot mitgegeben, auch Wein und Fleisch, und für den Teufel hatte der Rom ein Fass Spiritus dabei. Als nun der Teufel die Geige sah, fragte er: »Freund, was ist das?«

»Das ist eine gute Sache«, sagte er, »du wirst gleich sehen, wie du tanzen wirst!« Und er spielte ihm ein Lied.

Nun gab der Rom ihm den Spiritus zu trinken. Und der Teufel betrank sich. Als er betrunken war, begann der Teufel zu tanzen. Er sprang bis zum Plafond; und mit seinen Hörnern riss er die ganze Decke herunter. Dann sagte der Teufel zum Rom: »Lass mich spielen!« Der Rom sagte: »Ich lasse dich spielen. Aber zuvor muss ich deine Krallen abfeilen, sonst kannst du nicht spielen.«

Nun spannte der Rom die Hände des Teufels in den Schraubstock ein. Er nahm eine große Feile und begann seine Hände zu feilen. Da jammerte der Teufel:

»Ach, mein Freund, ich will die Geige nicht mehr spielen lernen, mir kommt ja schon das Blut!«

Der Rom aber sagte: «So lange werde ich dich bearbeiten, bis du mit deinem eigenen Blut unterschreibst, dass du nie wieder in die Mühle mahlen kommst.»

Da unterschrieb nun der Teufel, und der Rom nahm seine Hände aus dem Schraubstock heraus. Daraufhin ist der Teufel mit dem Schraubstock fortgegangen.

Und wenn sie nicht gestorben sind, so leben sie noch heute.

*Burgenländisches Roma-Märchen*

# WIE DER ZIGEUNER
## DEN TEUFEL ÜBERLISTETE

An einem Sommertag stieg ein Zigeuner vom Hochwald in die breite Ebene hinab, die sich ohne Baum und Strauch unabsehbar weit vor ihm erstreckte. Inzwischen verfinsterte sich der Himmel, und dichte Regenwolken ballten sich zusammen. Als der Zigeuner das nahende Unwetter bemerkte, zog er sein schönes Gewand aus, ballte es zu einem Bündel zusammen, legte es auf einen Meilenstein und setzte sich splitternackt darauf. Denn nirgends in der Runde gab es ein Haus oder sonst einen Unterschlupf, wo er sich vor dem Regen hätte schützen können. Es währte nicht lange, und es entlud sich ein Wolkenbruch. Die schweren Tropfen schlugen dem Zigeuner klatschend auf den blo-ßen Leib, doch er machte sich nichts daraus, wenn dabei nur sein Gewand trocken blieb. Nach und nach verzogen sich die Wolken, der Himmel klärte sich auf, und die Sonne erstrahlte wieder. Nun sprang der Zigeuner auf, trocknete in der Sonne seinen äußeren Menschen, nahm sein trocken gebliebenes Gewand her, zog es an und ging weiter.

Von ungefähr holte ihn der Teufel ein, der just einen Geschäftsgang unternahm und auf dem der Anzug nass wie ein Fasspropfen war. Das Wasser rann ihm zu den Hosen wie bei einem Seiher durch.

Er fragte den Zigeuner: »Wer bist du?«

Da antwortete der Zigeuner: »Und wer bist denn du?«

Der Teufel sagte: »Ich bin leibhaftig der Teufel!«

Und der Teufel fragte weiter: »Ja, wo hast du denn gesteckt, als dieser große Regen herabfiel? Ist er auch auf dich so wie auf mich herabgefallen?«

Entgegnete ihm der Zigeuner: »Ich war im Freien, und der ganze Regen ergoss sich über mich.«

Der Teufel: »Wie kommt es aber, dass dabei deine Kleider vollkommen trocken blieben?«

Der Zigeuner: »Ich weiß ein Kunststück!«

Der Teufel: »Verrate mir dies Kunststück, wie man im Regen einherwandert, ohne dass einem die Kleider nass werden – und ich bin bereit, dir jeden Liebesdienst zu erweisen, dessen Erfüllung du mir auftragen magst!«

Sprach zu ihm der Zigeuner: »Ei, weil du der Teufel bist und dieses Kunststück nicht kennst, lade mich auf deinen Buckel auf und trage mich zu meinem Haus, dann werde ich dir es dort sagen!«

Das war dem Teufel herzlich erwünscht, er duckte sich unter den Zigeuner und trug ihn Huckepack. Der Zigeuner hatte auf der Alm den Sennerinnen einen Besuch abgestattet und ihnen seine von ihm selber erzeugten Schmiedesachen verkauft, als da sind: Scheren, die zum Scheren der Schafe und Ziegen taugen, Strick- und Nähnadeln, Wollrechen, Spieße, Ahlen und Feuerstierer, eiserne Dreifuße, Ketten, Schlaghämmer, Zangen, Pferdehufeisen und Nägel, Schürhaken und sonstige Schmiedewaren, wogegen er sich bei den Sennerinnen ganz tüchtig mit Eierspeisen, Krapfen, Topfen, Rahm, saurer und süßer Milch vollmampfte. Daher war der Zigeuner echt schwer geworden, und der Teufel ächzte bitterlich unter dessen Last, zumal sich der Weg bis zur Behausung des Zigeuners stundenlang hinzog und kein Ende abzusehen war. Schließlich fühlte sich der Teufel zu erschöpft, um nur einen Schritt weiter zu gehen, und bat den Zigeuner, eine kleine Rast zu halten. So setzte er sich nieder und ruhte aus.

Hierauf sagte er zum Zigeuner: »Lass uns beide jeden drei Worte rasch nacheinander aussprechen; spreche ich sie rascher aus, so habe ich damit meine Schuld bei dir abgetragen und brauche dich nicht weiter zu schleppen, und du bist gewiss nicht zungenfertiger als ich; wenn du aber dennoch unglücklicherweise die Worte rascher als ich aussprechen solltest, dann ist's gefehlt, dann muss ich dich gerade bis dorthin tragen, bis wohin wir vereinbarten, jedenfalls musst du mir dein Kunststück bekannt geben.«

Antwortete ihm der Zigeuner: »Ei, so sprich du die Worte zuerst aus. Dein ist der Vorschlag.«

Rasch sprach der Teufel: »Stock, Fell, Schaufel!«

Noch rascher aber war der Zigeuner: »Schaufelstock!«

Auch hierin überlistete der Zigeuner den Teufel. Hierauf lud sich der Teufel neuerdings den Zigeuner auf den Buckel und trug ihn stöhnend und ächzend bis zu seinem Heim. Nachdem ihn der Teufel abgesetzt, sprach der Zigeuner:

»Horch mal auf mich, schwarzer Teufel. Wenn der Regen zu fallen anfängt, so zieh sogleich alles Gewand aus, schnür es zu einem Bündel zusammen, setz dich darauf, und auf diese Weise wird es trocken bleiben. Und sooft du wieder von mir irgendein Kunststück erlernen willst, komm jedes Mal, und ich werde es dich lehren, aber du brauchst mich dafür nur jeweils auf die Hochalm hinauf und von der Alm wieder heimzutragen, sobald ich genügend Milch geschlürft habe!«

Hundemüde und betropft zog der Teufel ab und verwünschte die neue Weisheit, als er auf dem Wege einer ganzen Schar anderer Teufel begegnete, zu deren Kompanie er gehörte. Denen sagte er: »Zurück, alle Leiden über euch. Dort haust ein arger Zigeuner, der mit Kunststücken Handel treibt, und der reitet euch jeden nieder wie Rösser beim Wettrennen!«

*Serbisches Roma-Märchen*

(Der die »Zigeuner« diskriminierende Vergleich mit dem Teufel wurde weggelassen, die dem »Zigeuner« angedichtete unnatürliche Sprechweise »Und ich bin mir ihn der Zigeuner« wurde korrigiert.)

# WIE DIE UNSEREN
## DEN TEUFELN AUFSPIELTEN

Unser Großvater war ein Schmied und ging außerdem mit seinen Brüdern auf Hochzeiten und Unterhaltungen spielen. Wir wohnten in einer kleinen Siedlung nicht weit vom Wald.

Eines Abends kamen die Brüder beim Großvater zusammen und beschwerten sich:

»Eine Woche ist vorbei und noch niemand kam uns zum Spielen aufzufordern. Ich habe nicht einmal mehr eine Krone«, sagt der älteste Bruder, »und es will gegessen werden. Ich würde zu den Teufeln in die Hölle spielen gehen.« Natürlich meinte er das nicht ernstlich.

Auf einmal klopft jemand an die Türe. Großvater geht aufmachen. Er guckt: zwei Landleute in grünen Kleidern. Er fordert sie zum Eintreten auf, sie kommen aber nicht. Er fragt also, was sie wünschen.

»Wir kommen, um Sie zu bitten, uns aufzuspielen. Um Euren Verdienst habt keine Angst, wir bezahlen Euch, soviel Ihr wünschen werdet«, sagt ein Landmann und der zweite fügt hinzu: »Wir holen Euch morgen um vier Uhr ab.«

Es war gerade Freitag.

Großvater sagt: »Warum sollen wir nicht kommen, wenn Ihr gut zahlt.«

Und der Landmann: »Werdet Ihr Euch wirklich nicht fürchten?«

»Wir und Angst haben, wir fürchten nicht einmal die Teufel!«, lachten Großvaters Brüder.

Sie dachten nämlich, die jungen Männer seien aus irgendeinem Räuberdorf, wo die Bauern gerade raufen. Die unseren fürchteten keine Rauferei, wussten auch zu raufen, wenn es darauf ankam. Am nächsten Tag genau um vier Uhr hielt ein Wagen vor Großvaters Hütte. Die Musikanten luden den Zimbal, die Bassgeige und die Geigen auf und stiegen schließlich selbst ein. Die Landleute jagten die Pferde durch den Wald. Nach etwa einer Stunde hielten sie vor einem Felsen. Einer sprang ab, trat zum Felsen und murmelte etwas. Der Felsen öffnete sich und der Wagen fuhr hinein. Sie kamen auf einen riesigen Hof. Rundherum brannten Feuer. Um die Feuer sprangen Teufel mit Teufelinnen herum, Großvater erkannte, dass sie in der Hölle waren, aber sie konnten nicht mehr zurück.

Großvater blickt sich im Hof um, und wen sieht er unter den Teufeln? Die Patin! Die Bäuerin, die seinen Sohn bei der Taufe gehalten hatte. Es war die reichste Bäuerin im Dorf, nur war sie äußerst geizig. Kürzlich starb sie und jeder sagte, der Teufel habe sie geholt. Wie man sieht, ist es die Wahrheit. Die Patin erblickte den Großvater auch und läuft gleich zu ihm:

»Oh je, Gevatter, wie seid ihr hergekommen?« Und so erzählte ihr Großvater von den jungen Männern, die sie herbrachten.

»Wenn ihr schon hier seid, dann spielt ihnen auf, aber wenn sie euch zahlen werden, nehmt kein Geld. Fordert nur Kohle und Laub. Und wenn ihr zurückkehrt, springt mit beiden Füßen gleichzeitig über die Schwelle, sonst schlägt euch die Türe das hintere Bein ab. Und grüßt meine Familie! Richtet ihnen aus, sie mögen nicht so geizig sein, wie ich es war. Ihr seht, wie ich jetzt dafür leiden muss.«

Kaum hatte die Bäuerin ausgesprochen, als einer der Teufel dazutrat, ihr mit der Peitsche eine überzog und sie mit der Peitsche fortjagte.

Lucifer rief Großvater und seine Brüder: »Kommt mit mir, Ihr Herren Musikanten!«

Er führte sie in einen großen Saal. An den Seiten standen Tische, in der Ecke stand der Tisch für die Musikanten.

»Was wünscht Ihr zu speisen?«, fragte Lucifer.

»Kuchen mit Quark«, sagt Großvater. Lucifer blies über den Tisch und schon stand eine Schüssel voll Kuchen da.

»Nun, sättigt Euch und dann spielt uns auf.«

Als die Musikanten satt waren, legten sie los, bis die Hölle erzitterte. Die Teufel tanzten ohne Unterbrechung drei Nächte lang. Großvater mit den Brüdern spielte, dass der Schweiß nur so von ihnen lief. Sie konnten nicht mehr weiter, aber der älteste Bruder, der Primas, sagt:

»Wir müssen aushalten, sonst schaffen uns die Teufel so aus der Welt, wie wir die Kuchen geschafft haben.«

In der dritten Nacht sagten die Teufel: »Also, Ihr Herren Musikanten, nehmt Euch Geld und geht nach Hause.«

»Wir wollen kein Geld, uns würde etwas Kohle und Laub zum Feueranmachen genügen.«

Sie taten, wie ihnen die Patin Bäuerin empfohlen hatte.

»Ihr seid nicht dumm«, sagten die Teufel. »Nehmt Euch also, was Ihr wollt und geht.«

Man fuhr sie wieder zurück. Kaum waren die Teufel verschwunden, ergriff Großvater die Bassgeige und schüttete Kohle und Blätter aus. Aber was sieht er? Auf den Boden fiel nur Kohle und Laub. Kein Geld. Die Bäuerin hatte vergessen ihnen zu sagen, dass sie sich ihre Entlohnung erst zu Hause ansehen sollten.

Und so waren Großvater und seine Brüder wütend, weil sie nichts verdient hatten. Sie trugen die Instrumente nach Hause – und plötzlich sieht Großvater, dass ihm aus der Geige goldene Steinchen herausfallen. Er teilt sie mit seinen Brüdern und schon freuen sich alle, dass aus ihnen im Augenblick Reiche geworden sind.

Nur, als sie sahen, wie arm die übrigen Roma sind, und wie ihre Kinder vor Hunger weinen, veranstalteten sie ein großes Festessen und bewirteten alle Roma. Denn ein Rom kann nicht essen, wenn er sieht, dass neben ihm jemand Hunger hat. Und so aßen sich alle Roma aus dem Umkreis satt, und Großvater mit seinen Brüdern freute sich: »Es ist gut, dass sich die Teufel nicht betranken und uns die Geigen an den Köpfen zerschlugen!« Es freute sie auch, dass sie auf lange Zeit etwas zu erzählen haben werden. Sagt, Leute, wer von euch hat den Teufeln in der Hölle aufgespielt? Das geschieht selten jemandem. So lebte Großvater mit seinen Brüdern schön und ehrlich bis zu ihrem Tode.

*Slowakisches Roma-Märchen*

# Der dämonische Teufel

❦

## DIE PRINZESSIN, DIE NUR DEN ALLERSCHÖNSTEN PRINZEN HEIRATEN WOLLTE

Es war einmal eine sehr schöne Prinzessin. Ihr Vater wünschte, dass sie heirate; aber sie hatte stets etwas auszusetzen an den Bewerbern – keiner wollte ihr behagen, und sie wünschte, eben nur den allerschönsten Prinzen zum Manne zu nehmen.

Einst stand sie auf dem Balkon des Schlosses und blickte auf die Straße hinab. Da sah sie einen wunderschönen, prächtigen Prinzen vorbeigehen: Er war fein und zart und hatte goldene Fingernägel sowie auch goldene Zähne. Sogleich eilte sie zu ihrem Vater und rief: »Vater, den fremden Prinzen da will ich heiraten!«

»Also endlich gefällt dir doch ein Mann!«, sprach der König, und er blickte auf die Straße und musste sich gestehen, dass jener Fremde wirklich ein herrlicher, prächtiger Prinz sei. Sofort rief er ihn in den Palast und begann: »Fremder, willst du meine Tochter zur Frau?«

»Und ob ich sie will!«, rief der Prinz mit überlauter Stimme und lachte dabei auf eine so eigene Art, dass die Prinzessin ganz rot wurde.

Die Hochzeit wurde mit großer Pracht gefeiert, und gleich nach dem Mahle äußerte der Prinz: »Ich werde meine junge Frau sogleich in meinen Palast führen. Damit sie sich aber nicht einsam fühlt, bitte ich alle Anwesenden, uns zu folgen, und zwar mit meinen Wagen und Pferden. Ich fahre mit meiner lieben Gemahlin in einem Wagen, und meiner Gemahlin beste Freundin soll mit in unserem Wagen sitzen!« Voller Freude hörten so die Aufgeforderten, dass sie den schönen Palast des fremden Prinzen zu sehen bekommen sollten, und beglückwünschten die junge Frau zu ihrem schönen und liebenswürdigen Gemahl. Dann brach man auf.

Unterwegs wurden die junge Frau und ihre Begleiterin mit Schrecken gewahr, dass der junge Ehemann von Minute zu Minute hässlicher wurde. Die goldene Farbe seiner Nägel und Zähne verwandelte sich in Kohleschwarz! Auf seiner Stirn bildeten sich zwei Knoten und wuchsen immer mehr und mehr in – Hörner aus!

Noch mehr wuchs das Entsetzen der beiden Frauen, als sie sahen, dass ihrem Weggenossen ein langer Schweif mit dicker Quaste zu wachsen begann. Auch seine Füße hatten allmählich die Gestalt menschlicher Füße verloren und schienen sich in Bocksfüße umformen zu wollen.

Die beiden Frauen kamen fast vor Angst um! Plötzlich ließ der fremde Prinz halten, erhob sich im Wagen und rief den hinter ihm fahrenden Leuten zu: »Ihr alle kehrt sofort nach der Stadt zurück, sonst seid ihr des Todes!« Auch die Freundin der jungen Frau musste den Wagen verlassen und umkehren, und das tat sie gern, weil sie sich nicht wenig fürchtete. Die Herrschaften fuhren dann, so rasch es die Pferde erlaubten, in die Stadt und zum Königspalast zurück.

Der König stand auf dem Balkon, und als er jene zurückkehren sah, dachte er bei sich, sie seien gekommen, ihn auch noch mitzunehmen; aber unter Tränen und Jammern erzählten ihm die Leute: »Ach, wie unglücklich ist deine Tochter! Sie hat den Bösen zum Gemahl!« Da erblich der König und befahl, die rote Ausschmückung des Schlosses – die Ausschmückung der Freude – durch schwarze – die der Trauer – zu ersetzen.

Es waren aber der Prinzessin die drei Söhne ihrer Kammerfrau weiter nachgefolgt, und diese bekamen alles zu hören und zu sehen, was jetzt mit ihr vorging. Sie ritten hinter dem Wagen her und beschlossen, sie zu retten. Der Wagen langte endlich in einer entsetzlichen Wildnis an, und der fremde Prinz befahl der Prinzessin mit barschen Worten, aus dem Wagen zu steigen.

Zitternd gehorchte sie dem Befehle. Dann wanderte er mit ihr in eine tiefe, tiefe Schlucht hinunter, an deren Ende sich eine dunkle Höhle befand. Die beiden traten in die Höhle, und die drei Brüder hörten jetzt, wie der Böse die arme Prinzessin anschrie: »Katarin, koch mir ein Essen! Jetzt hast du keine Zeit zum Faulenzen! Und alles ordentlich und aufgeräumt! Reinlichkeit geht über alles!« So schrie und schimpfte denn er auf unendlich grobe Weise auf die Prinzessin ein.

Die drei Brüder ritten dann nach der Stadt zurück und berichteten dem Könige, was sie gehört und gesehen hatten. »Ich werde sie retten!«, sprach der Älteste.

»Wie willst du in ihre Nähe kommen?«, fragte der König.

Der älteste Bruder begann wieder: »Herr König, lass mir einen festen Karren voll starker Seile beladen!« Der zweite Bruder sprach: »Und mir einen Karren voll Rosenkränze!« Der dritte aber erklärte: »Mir einen Karren voll Esswaren!«

Der König befahl darauf seinen Dienern, für die jungen Leute drei Karren mit den gewünschten Gegenständen zu beladen; dann fuhren die drei Jünglinge ab – erst der älteste, dann der mittlere und schließlich auch der jüngste.

Der Älteste gelangte zuerst an den Rand der Schlucht und blickte hinab. Der Jüngste fragte den Mittleren und der Mittlere den Ältesten: »Bruder, was tut jetzt der Böse?«

»Er schreit!«

»Bruder, was tut jetzt der Böse?«

»Er schimpft!«

»Bruder, was tut jetzt der Böse?«

»Er wäscht sich mit dem Wasser, das ihm die Prinzessin geholt hat!«

»Bruder, was tut jetzt der Böse?«

»Er schimpft und geht zu Bette!«

»Bruder, was tut jetzt der Böse?«

»Er schnarcht!«, meldete der älteste Bruder und setzte hinzu: »Jetzt kommt aber rasch hierher, denn es ist die höchste Zeit!« Nun blickten alle drei nach der Höhle hinunter und sahen die arme Frau und riefen ihr zu: »Liebe, gute Prinzessin, wir retten dich!« Die Prinzessin antwortete: »Fliehet, fliehet! Er ist so grausam!«

Doch der älteste Bruder sprach: »Hab keine Angst! Ich binde meinen kleinen Bruder an ein langes Seil und lasse ihn zu dir hinunter; dann bindet er dich unten mit ans Seil an, und ich ziehe zuerst dich und dann meinen kleinen Bruder herauf!«

So geschah es! Die zitternde Prinzessin wurde heraufgezogen und dann der Knabe.

Hierauf begannen die drei, die Prinzessin mit einer Anzahl von Rosenkränzen zu behängen; schließlich war der ganze Körper mit dieser Zier bedeckt. Jetzt erst begannen sie etwas von den mitgebrachten Speisen zu genießen. Aber im Walde wollten sie nicht bleiben. Deshalb brachen sie auf und begaben sich in ein am Rande des Waldes gelegenes Gasthaus.

Der Böse wachte auf und schrie: »Katarin, bring mir das Waschwasser!«

Aber niemand antwortete ihm. Da begann er laut zu brüllen: »Wo steckst du, du faules Wesen? Ich werde dich lehren, mir nicht zu antworten!« Als er sie nun trotz eifrigen Suchens nicht fand, schlug er sich vor die Stirn und schrie: »Es ist geschehen! Man hat sie entführt! Aber wo werden sie sie hingebracht haben? Sicher in das Gasthaus am Waldesrand! Da werde ich sie finden, und ich werde ihr die Knochen zermalmen!« Mit Windeseile lief der Böse nach dem Gasthause und herrschte die Prinzessin an: »Sofort gehst du mit mir zurück!« Da sah er aber auch schon, dass man sie ganz und gar mit Rosenkränzen behangen hatte. Nun wollte er probieren, ob sie nicht an irgendeiner Stelle ihres Körpers des Schutzes dieses Bannmittels entbehre; er schrie sie an: »Zeig deinen rechten Arm! Deinen linken! – Deinen rechten Fuß! Deinen linken! – Deine rechte Brust! Deine linke!« und so fort. Aber zu seinem Ärger war ihr ganzer Körper mit Rosenkränzen überdeckt, und er musste zornentbrannt abziehen, aber er schwur, sich zu rächen.

Die drei Brüder traten nun mit der Prinzessin den Heimweg an. Alles ging sehr gut, und sie brauchten auch nicht zu hungern, da sie ja einen Karren voll Lebensmittel mitgenommen hatten. Kaum nahten sie sich dem Palaste des Vaters der Prinzessin, als der König auch schon aus seinen Gemächern heruntereilte und seine Tochter umarmte und küsste. Dann hieß es: »Wer von den dreien soll sie nun heiraten?« Und die Antwort lautete: »Der Jüngste, denn er hat sich hinuntergelassen in die greuliche Schlucht und die Prinzessin unten an das Seil gebunden.«

*Märchen aus Malta*

# John Gethin und die Kerze

$\mathcal{E}$ s lebte einmal in Wales ein Zauberer, der eine eiserne Hand hatte. Kraft seiner Zauberkünste entdeckte er, dass in Mynydd y Drum ein großer Schatz versteckt war. Diesen Schatz könnte er heben, wenn er einen mutigen Burschen fände, der mit ihm eine Nacht auf dem Berg vor dem Felsen zubrächte, unter dem das Gold und das Silber lagen. Lange konnte er niemand finden. Vergebens fragte er alle seine Freunde, alle seine Bekannten, doch jeder hatte Angst und wollte mit einem so gefährlichen Abenteuer nichts zu tun haben. Doch schließlich sagte John Gethin, der sich vor Himmel und Hölle nicht fürchtete, er wolle ihn begleiten, wenn ihm die Hälfte des Schatzes zufiele. In einer dunklen, schauerlichen Nacht gingen beide zu dem Berg und blieben auf einem Rasenfleck nahe bei dem Felsen stehen, unter dem der Schatz verborgen lag. »Ich werde nun«, sprach der Zauberer, »den Geist beschwören, der den Schatz bewacht, damit er sich uns zeige.«

Er legte einen schwarzen Umhang an, der mit Zauberrunen bedeckt war, umgürtete sich mit Schlangenhäuten, setzte sich eine Kappe aus Schafspelz aufs Haupt, die mit Taubenfedern gekrönt war. In der Hand hielt er eine Peitsche, deren Griff aus Knochen und deren Riemen aus Aalhaut gefertigt waren. Mit dieser Peitsche zog er zwei Kreise auf dem Rasen, die sich wie das Zeichen einer Acht berührten. Dann zündete er eine Kerze an und trat in einen der Kreise. »Stelle du dich in die Mitte des anderen Kreises«, sprach der Zauberer zu John, »und was auch kommen mag, trete nicht aus dem Ring heraus!« Nun öffnete er das Buch und las: »Ich beschwöre dich und ich rufe dich an, beim Schweigen der Nacht und bei den heiligen Zauberformeln und bei der Zahl der höllischen Geisterscharen, dass du dich hier ohne Zögern einfindest und, bei der Kraft der Worte dieses Buches, mir Rede und Antwort stehst.« Diese Worte wiederholte er dreimal.

Da erschien ein riesiger, schwarzer Bulle, der brüllte, dass die Erde bebte. Doch der mutige John Gethin rührte sich nicht vom Platze, und da verschwand der Bulle. Dann sprang ein ungeheurer Ziegenbock mit voller Wucht auf John zu, doch da dieser sich nicht regte, verschwand auch er wieder. Als nächstes rannte ein borstiger Eber auf ihn los, doch John rührte sich nicht. Dann kam ein Löwe, aus dessen Schlund ein feuriger Atem lohte, doch John stand regungslos, und sobald diese schrecklichen Erscheinungen den Kreis berührten, den der Zauberer gezogen hatte, verschwanden sie wieder.

Nun aber kam ein großes Feuerrad, lodernd und prasselnd geradewegs auf den armen John Gethin zu. Da verlor er den Mut und wich aus dem Ring. Kaum war das geschehen, als das Feuerrad die Gestalt des Höllenfürsten annahm, der John wegschleppen wollte. Doch da packte ihn der Zauberer mit der Eisenhand und versuchte, ihn zurückzuhalten. In diesem Ringkampf wurde der arme John beinahe auseinander gerissen. Der Höllenfürst war nahe daran, die Oberhand zu gewinnen, da rief der Zauberer:

»Bei der Macht des Ostens Athanaton, des Westens Orgon, des Südens Boralin, des Nordens Glauron, beschwöre ich dich, diesen Mann leben zu lassen, solange diese Kerze dauert.«

Da ließ der Böse sofort von John ab und verschwand. Darauf blies der Zauberer die Kerze aus, gab sie John und sprach: »Wärst du nicht aus dem Kreis getreten, wäre nun alles gut. Da du aber meinem Befehl nicht gehorcht hast, ist dies die äußerste Frist, die ich dir lassen kann. Lege diese Kerze an einen kühlen Platz, solange sie besteht, ist dein Leben in Sicherheit.« John ging nach Hause und bewahrte die Kerze an der kühlsten Stelle, die er finden konnte. Doch obgleich sie nie entzündet wurde, wurde sie immer weniger. John war seit jener furchtbaren Nacht nicht mehr derselbe, und als er wahrnahm, dass die Kerze immer kleiner wurde, legte er sich nieder. So wie die Kerze verging, verging auch er, und beide fanden zur gleichen Zeit ihr Ende.

*Märchen aus Wales*

# Der Bauer und die drei Teufel

Ein Bauer fuhr im Herbst mit einer Ladung Gerste zur Stadt. Als er die Gerste verkauft hatte, machte er sich gleich auf den Heimweg, aber je weiter er fuhr, desto matter und schwächer wurde sein Pferd und kam schließlich kaum von der Stelle.

»Dass dich der Geier!«, fluchte der Mann, »welcher Teufel ist dir ins Fell gefahren? Bin doch schon oft in der Stadt und weit herum in den Dörfern gewesen, aber das geschieht mir heute zum ersten Mal!«

In seinem Ärger schlug er derb auf den Gaul ein, aber es half ihm nichts, denn der Gaul hinkte wie ein lahmer Ochse vorwärts, und der Bauer auf dem Wagen zitterte in der Herbstluft vor Kälte.

Plötzlich blieb das Pferd, als er noch eine gute Strecke zu fahren hatte, mitten auf dem Wege stehn und rührte kein Glied mehr. Was sollte der Bauer jetzt tun? Er spannte das Tier aus, stieß es ärgerlich in den Graben am Wege und sprach: »Da mag dich der Teufel holen!«

Kaum hatte er es gesagt, als ein kleiner Hund aus dem Gebüsch hervorlief, an dem Bauer aufsprang und ihn etliche Male mit den Pfötchen streichelte, worauf er ebenso schnell verschwand. Verwundert schaute ihm der Bauer eine Weile nach, ergriff dann den Wagen und zog ihn hinter sich her nach Hause.

Zu Hause schob er den Wagen auf den Hof, ließ ihn da stehen und legte sich matt und müde schlafen. Anderen Tages ging er hinaus auf die Wiese, um sein zweites Pferd zu holen. Aber wie erstaunte er, als er auch den faulen Gaul von gestern auf der Wiese fand, aber feister und munterer als je zuvor.

118

»He, finde ich dich hier, du Faulenzer?«, rief der Bauer. »Recht schön, da sollst du mir gleich den Acker pflügen, und ich will doch sehen, ob du wieder von Kräften kommst!«

Dabei ergriff er das Tier bei der Mähne und wollte ihm die Halfter überwerfen. Plötzlich trat ihm ein seltsamer Mann in den Weg und sprach: »Rühr den Gaul nicht an, der ist mein!«

»Was zum Henker!«, rief der Bauer, »dieses Tier, das ich selbst aufgezogen habe, soll dir gehören? Wer bist du denn eigentlich, dass du mir kommst und mein Eigentum begehrst?«

»Du fragst also noch, wer ich sei? Hast du denn vergessen, dass du gestern deinen Gaul dem Teufel versprachst? Der bin ich und wohne auf der Allerweltsheide im ersten Hause. Erinnere dich noch, Mann, dass ich dir gleich meinen jüngsten Sohn sandte, der sich bei dir bedankte, als du mir den Gaul schenktest!«

»Was habe ich mit dir zu schaffen?«, schrie der Bauer, bekreuzigte sich dreimal, warf dem Pferde die Halfter über und ging mit ihm seines Weges. Der Teufel starrte ihm mit offenem Munde nach, konnte ihm aber nichts anhaben, da er sich bekreuzigt hatte.

Als er zu Hause angelangt war und den Gaul ins Geschirr legen wollte, erschien ein zweiter Mann mit bösem Gesicht und eisernen Ruten in der Hand und sprach drohend: »Hüte dich, meinen Gaul anzuspannen! Wenn du es tust, so sollst du mit glühenden Eisenruten gepeitscht werden!«

Erschrocken hielt der Bauer inne, bekreuzigte sich wieder dreimal und rief: »Was sprichst du da von deinem Pferde? Sage zuvor, wer du bist!«

»Ich bin der Teufel im Krallensumpf und wohne im zehnten Hause, und da du meinem jüngeren Bruder nicht gehorcht hast, so bin ich selbst gekommen, um dich zu züchtigen!«, polterte der Fremde und trat auf den Bauer zu.

Jetzt sah der Bauer wohl ein, dass er mit dem Zeichen des Kreuzes nichts ausrichtete, nahm also seine Mütze ab und sagte ein Vaterunser her, worauf der Teufel sogleich verschwand.

»Zweien hab ich's tüchtig gegeben!«, dachte der Bauer. »Da wird der Gaul wohl mein bleiben!« Sprach's und führte das Tier aufs Feld vor den Pflug. Da sauste eine schwarze Gestalt wie ein Heuschober auf ihn zu und sprach mit hohler Stimme: »Lass den Gaul stehen, mit dem hast du nichts mehr zu schaffen! Dem Teufel hast du ihn versprochen, und dem muss er bleiben. Denn wir mögen nichts zurückgeben, was wir erhalten!«

Der Bauer dachte bei sich: »Jetzt hab ich aber wirklich meine Not mit den bösen Geistern!«, nahm seine Mütze vom Kopf, bekreuzigte sich und sagte ein Vaterunser her. Aber der Geist fuhr ihn an: »Bleib mir weg mit deinen Possen, ich bin nicht so verzagt wie meine beiden jüngeren Brüder! Gib nur das Pferd her und weiter kein Wort mehr!«

Als der Bauer sah, dass es anfing, ernst zu werden, legte er sich aufs Bitten und fragte, was der Teufel für das Pferd verlange.

»Nichts Größeres, als dass du uns auf das Weihnachtsfest zu Gast bittest«, antwortete der Teufel. »Wie viel sind denn Eurer und welche Speisen soll ich Euch bereiten?«, fragte der Bauer misstrauisch.

»Unser sind drei und ich, der erste, verlange einen Kübel Blut, mein anderer Bruder ein Fass voll Fleisch und mein jüngster Bruder eine Tonne Hafer«, sprach der Teufel.

Der Bauer merkte wohl, dass der Teufel Arges im Sinne hatte, versprach aber, alles zu erfüllen. Darauf ließ ihm der Teufel den Gaul und ging seines Weges. Mit diesem Gaul pflügte der Bauer das Stoppelfeld gar rüstig auf, und das Tier wurde nicht müde bis zum Abend.

Indessen nahte das Christfest heran, und dem Bauer ward es immer übler zumute, wenn er an seine Gäste dachte.

Endlich zog er hin zu dem finnischen Schwarzkünstler und bat den um Rat. Der Schwarzkünstler lehrte ihn neun Zauberworte und sprach: »Wenn sie ins Zimmer kommen, so treten sie nach ihrer Gewohnheit hintereinander ein und der Älteste zuerst. Dann sage jedem drei Zauberworte her und tue nach meiner Weisung!«

Der Bauer dankte dem Schwarzkünstler und kehrte heim.

Am Weihnachtsabend waren die drei Gäste auch richtig erschienen. Der Älteste trat vor und begehrte das Blut.

Jetzt sagte der Bauer leise drei Zauberworte her und sprach dann mit lauter Stimme: »Krieche in den Spalt an der Wand und sauge Blut, wenn du es findest!«

Da ward aus dem Teufel eine Wanze.

»Das Fleisch her!«, schrie der zweite Teufel.

Der Bauer murmelte wieder drei Worte und sprach: »Fort in den Wald und fange dir selbst das Fleisch!«

Da ward aus dem Teufel ein Wolf.

»Den Hafer, den Hafer!«, brüllte der dritte Teufel.

Der Bauer sagte zum dritten Mal drei Worte her und rief: »Aufs Feld mit dir und suche dir selbst ein Körnchen!«

Da ward aus dem Teufel der Rattenkönig.

So ist der Bauer seiner bösen Gäste ledig geworden und hat hernach nie mehr geflucht.

*Märchen aus Estland*

# Das Kind, das dem Teufel verschrieben war

Ein Bauer, welcher früher reich, jetzt aber arm war, ging einst, über diesen Wechsel betrübt, auf einem seiner vorigen Äcker umher. Da begegnete ihm ein unbekannter Jäger und fragte, warum er so traurig sei. Als der Jäger die Ursache erfahren, sagte er, der Bauer solle ihm dasjenige verschreiben, was derselbe, ohne es zu wissen, besitze, dann wolle er ihm einen großen Geldbetrag geben. In der Meinung, dass er alles, was er habe, kenne, ging der Bauer den Vertrag ein und erhielt, nachdem die Verschreibung gefertigt war, das versprochene Geld. Er brachte es nach Hause und erzählte alles seiner Frau. Da erschrak dieselbe sehr und jammerte, dass sie schwanger sei und er, der dies nicht gewusst, nun sein Kind dem Teufel verschrieben habe. Beide weinten über das große Unglück und beschlossen zuletzt, dass derjenige Mensch, welcher zuerst in ihr Haus komme, das Kind aus der Taufe heben solle. Dies war ein armer Schüler, der um Herberge bat, welche ihm auch gleich gewährt wurde. Auf die Bitte des Bauern, bei ihm Gevatter zu stehen, wollte er, wegen seiner schlechten Kleider, nicht eingehen; als ihm aber bessere versprochen wurden, willigte er gern ein. Demnach hob er das Kind, dessen trauriges Schicksal ihm der Bauer erzählt hatte, aus der Taufe und sagte, es solle, bis es sieben Jahre alt sei, im Kloster unter strengen Andachtsübungen erzogen werden; alsdann wolle er wiederkommen, um womöglich die Rettung desselben zu vollbringen. Nach seiner Abreise wurde das Kind ins Kloster getan, wo es ein solches Bußleben führte, dass, während die andern Kinder auf Silber aßen, es mit einem hölzernen Teller und Löffel vorlieb nahm. Als dasselbe sieben Jahre alt war, holte es der Schüler ab und versprach den Eltern, so lange mit ihm umherzuwandern, bis dessen Erlösung ihm gelungen sei. Bald anfangs der Reise kam er in einen großen Wald, zur Hütte eines Einsiedlers, der so fromm war, dass täglich zwei Engel ihn besuchten. Er übernachtete bei demselben, erzählte ihm die Geschichte des Kindes und bat ihn um Hilfe. Der Einsiedler erwiderte, dass er diese nicht zu leisten vermöge, übrigens den Schüler warnen müsse, tiefer in den Wald zu gehen; denn dort wohne sein Bruder, ein Mörder, der ihn sicher umbringen würde. Dieser Warnung ungeachtet, ging am andern Morgen der Schüler mit dem Kinde, welches er stets auf dem Rücken trug, zur Wohnung des Mörders und hielt bei dessen Frau um Herberge an. Sie verweigerte dieselbe, weil ihr Mann, der jetzt abwesend, bei seiner Rückkunft ihn, wo er auch versteckt sei, riechen und dann ermorden würde. Der Schüler ließ jedoch von seiner Bitte nicht ab, erzählte die Geschichte des Kindes, und dass er von dem Mörder Hilfe hoffe. Hierauf versteckte sie ihn mit dem Kind in den Backofen; als aber ihr Mann heimkam, war sein erstes Wort: »Frau, ich rieche Menschenfleisch!« Sie berichtete ihm nun alles und musste nachher die Versteckten, denen er kein Leid zu tun versprach, herbeiholen. Nachdem der Mörder sich auch vom Schüler die ganze Geschichte hatte erzählen lassen, erbot er sich, dem Kinde zu helfen und hieß ihn mit ihm gehen. Sie kamen an eine Höhle, wo der Mörder zu dem Schüler sagte: »Hier ist der Eingang zur Hölle, in welcher meinem Worte gehorcht werden muss; gehe ohne Furcht hinein und fordere in meinem Namen die Verschreibung zurück; auch gib genau acht auf alles, was du dort siehst, dass du bei deiner Rückkehr es mich wissen lassen kannst!«

Der Schüler ging in die Höhle und durch einen langen, unterirdischen Gang bis zu einem Tore, durch welches er in die Hölle kam. Hier richtete er den Befehl des Mörders aus, worauf er die Verschreibung von dem bösesten der Teufel zurück erhielt, der an einer gewaltigen Kette lag. Von demselben erfuhr er auf seine Frage: welchen Zweck der brennende Stuhl habe, der leer in der Hölle stehe – dass dieser für den Mörder, nach dessen Tode, bestimmt sei. Nachdem er wieder heraus und zu dem Mörder gekommen war, berichtete er ihm, was er in der Hölle gesehen und gehört hatte. Da ließ derselbe in seiner Wohnung einen großen Kessel voll Öl über das Feuer stellen, setzte sich, zur Buße für seine Sünden, hinein, schnitt so viele Gelenke, als er Mordtaten begangen, jedes mit einem andern Messer sich vom Leibe und in den Kessel, und starb so, grässlich verstümmelt, im siedenden Öl des martervollsten Todes. Hierauf kamen die Engel und trugen seine Seele in den Himmel. Als jene Engel, welche den Einsiedler zu besuchen pflegten, am andern Tage zu demselben kamen, fragte er, warum sie gestern sich nicht hätten sehen lassen, und als sie gesagt, dass sie seinen Bruder in die Seligkeit geführt, rief er voll Grimm und Missgunst: »So viele Engel meinen Bruder in den Himmel getragen, so viele Teufel sollen mich in die Hölle schleppen!« Da kamen die Teufel und holten ihn in die Hölle, wo er auf den feurigen Stuhl kam, der für seinen Bruder bestimmt gewesen. Das Kind brachte der Schüler den Eltern glücklich zurück, welche für dessen Erlösung Gott und ihm nicht genug danken konnten.

*Märchen aus Baden*

# Die Witwe und der Teufel

Vor langer, langer Zeit lebte einmal ein Bauer, der hatte eine Frau, die schöner als Sonne, Mond und Sterne war. Die beiden liebten sich sehr und lebten miteinander in herzlicher Eintracht. War kurze Zeit vergangen oder war lange Zeit vergangen? Eines Tages starb der Mann. Die arme Witwe trug ihn zu Grabe. Sie musste immerzu an ihn denken, weinte und sehnte sich nach ihm. Drei Tage und drei Nächte flossen ihre Tränen. Auch in der vierten Nacht weinte sie unentwegt und konnte vor Kummer keinen Schlaf finden. Als es Mitternacht schlug, erschien ihr auf einmal der Teufel in Gestalt ihres Mannes: Sie erkannte sein wahres Wesen nicht, umarmte und küsste ihn und fragte: »Lieber Mann, wie ist es möglich, dass du zu mir kommen konntest?«

»Ach, mein liebes Weib, ich habe gehört, wie du so bitterlich um mich geweint hast, und da habe ich lange gefleht und gebettelt, bis ich dich besuchen durfte.« Sie teilten das Lager miteinander. Am Morgen aber, beim ersten Hahnenschrei, verschwand er wie ein Rauch. Von nun an kam er einen ganzen Monat hindurch jede Nacht zu ihr. Beim ersten Hahnenschrei aber verschwand er. Und so verging auch ein zweiter Monat. Niemandem verriet die Frau ihr Geheimnis. Aber dünner und immer dünner wurde sie. Sie schmolz dahin wie Wachs in der Sonne!

Eines Tages erhielt die Witwe Besuch von ihrer alten Mutter. Als diese sie sah, erschrak sie und fragte: »Warum bist du denn so mager, mein Kind?«

»Vor lauter Glück, Mütterchen.«

»Was denn für ein Glück?«

»Mein seliger Mann kommt jede Nacht zu mir auf Besuch.«

»Ach, du Närrin! Das ist doch nicht dein Mann! Das ist der Teufel, der dich da besuchen kommt!« Die Tochter wollte und wollte es nicht glauben. Da sprach die Mutter: »Höre mich an und tu, was ich dir sage! Wenn er dich wieder besucht und mit dir am Tisch sitzt, so lass deinen Löffel zu Boden fallen. Wenn du dich nun bückst, um ihn wieder aufzuheben, dann sieh nach seinen Beinen.« Die Witwe befolgte den Ratschlag ihrer Mutter. Als nun der Teufel sie in der kommenden Nacht wieder besuchen kam, ließ sie einen Löffel unter den Tisch fallen. Dann bückte sie sich und sah nach seinen Beinen. Wie erschrak sie aber, als sie sah, dass er einen Huf und einen Pferdeschweif hatte!

Am nächsten Tag eilte die Witwe zu ihrer Mutter. Diese fragte sogleich: »Nun, habe ich recht gehabt, mein Kind?«

»Ach ja, Mütterchen, du hattest recht, was aber soll ich nun tun?«

»Lass uns zum Popen gehen.«

Sie gingen zum Popen und erzählten ihm alles, was geschehen war. Da las der Pope ohne Unterlass Gebete für die Witwe. Drei Wochen lang musste er Gebete sprechen. Erst dann ließ der Teufel von ihr ab!

*Märchen aus Russland*

# Das Teufelsweib

Es war einmal ein böses Weib mit Namen Angelika, das besaß einen Ring, welcher an Kraft der Zauberei seinesgleichen auf der ganzen Welt nicht hatte. Diesen Ring hatten sieben Erzteufel geschmiedet, und so besaß er mit gutem Grunde sieben Kräfte. Der erste Teufel war Farfaricchio, ein anderer Mahomed, noch ein anderer Malacarni: Das sind drei. Dann Scranfuguino: Und es sind vier. Darauf Ciritto, Codatarta und der letzte Beelzebub: So sind es alle sieben. Beelzebub aber war der Teufel Oberster und redete seine Genossen also an: »Hört da, ich habe einen großen Gedanken. Im Vergleich mit früheren Zeiten, obwohl man damals immer das Jubiläum predigte, kommt jetzt gar niemand mehr in die Hölle, mag das nun in dem vielen Predigen, im Missgeschick oder in unserer eigenen Unfertigkeit seinen Grund haben. Die Hölle leert sich, wir müssen wirklich etwas tun, denn geschieht nichts, so können wir bald ganz einfach unsere Bude schließen. Aber was? Lasst uns eine neue kräftigere Zauberformel ersinnen, viele Seelen damit zu fischen. Zuerst müssen die Dummen dran, die verstehen sich von selbst, sodann die Weisen wegen ihrer gar zu großen Weisheit und dann alle die, welche uns zufällig über den Weg laufen.«

Die Teufel stimmten ihrem Obersten zu und schmiedeten gemeinsam den Ring mit sieben Kräften. Den haben sie dann der ältesten durchtriebensten Hexe gegeben, die am besten gar nicht auf die Welt gekommen wäre, und haben ihn ihr selbst an den Finger gesteckt. Die sieben Kräfte des Ringes aber waren: Zuerst lässt er den schön und lieblich erscheinen, der ihn trägt, sodann auch jung, drittens gibt er seinen Augen die Macht, die Leute wie mit einem Magnet anzuziehen, sobald er sie anschaut, zum

Vierten, dass er so schön spricht wie Flötenton, fünftens vermag, wer ihn trägt, durch einen heimlichen Kuss den Leuten ein rotes Mal auf der Stirn zurückzulassen, zum Sechsten saugt er ihm das Blut aus den Adern und zum Siebenten können sich die, welche sich mit ihm verbinden, nicht wieder losmachen, bis sie von ihm aufgehängt werden. Diesen Ring gaben also die sieben Teufel der Hexe Angelika und dazu die Macht, so schnell zu fliegen wie der Blitz, überall, wo sie wolle, hinzukommen und in einem Augenblicke das Erdenrund zu umschweifen. So ausgerüstet fing Angelika an, Seelen zu fangen, und sie fing deren viel und schickte sie in die Hölle, dass diese alsbald gefüllt ward. Wer kann ihre Zahl rennen, nur die Alten können sie an den Fingern herzählen. Doch hütet euch, die Geschichte vom Ringe der Angelika ist kein Märchen, Angelika lebt noch heute, und ihr Ring hat seine Kraft nicht verloren. Überall ist sie und schickt die armen Seelen zur Hölle, darum sind auch die Teufel ihre Freunde.

Und wer die Mär erzählt, der möge schauen,
dass er nicht ende in des Teufels Klauen.

*Märchen aus Italien*

# Der Teufel und
# des Fischers Töchter

E s war einmal ein alter Fischer, der ging eines Tags ans Meer,
um Fische zu fangen. Als er das ausgeworfene Netz empor-
ziehen wollte, vermochte er's nicht, wie sehr er auch zog und zog.
Endlich, nach vieler, vieler Mühe, gelang es ihm, und da fand er
außer einigen kleinen Fischen einen mächtig großen eisernen
Schlüssel im Netze. Während er nun den betrachtete, erschien
vor ihm ein gewaltiger, hochgewachsener Mann und sprach:
»Der Schlüssel, den du gefunden, gehört mir. Ich bin Beelzebub,
der Teufel Oberster, und wohne in der Hölle, wo es ungeheuer große Schätze gibt und die Menschen glücklich sind. Nimm
den Schlüssel jetzt zu dir und komm damit am Dienstag um die
zwölfte Stunde wieder ans Gestade; du wirst da eine Tür vor dir
sehen, die öffne, tritt ein und besuche mich.« Nach diesen Worten
verwandelte er sich in eine dichte Rauchwolke und verschwand
in der Erde.

Der Alte kehrte nach Hause zurück, und bei Tisch, während er
mit seinen Kindern die kleinen Fische verzehrte, die er gefangen
hatte, zeigte er ihnen den großen Schlüssel, erzählte sein Abenteuer und setzte hinzu, dass er nächsten Dienstag ihnen Schätze
mitbringen werde. Die Tage verstrichen, und der Dienstag kam
heran. Der Fischer nahm zur angegebenen Stunde den Schlüssel
und ging ans Gestade. Hier sah er eine große Tür vor sich, eine
Meile hoch, sagt man, und dritthalb Meilen breit. Er öffnete sie
mit dem großen Schlüssel und trat in den unbekannten Raum
ein.

Da drinnen saß ein Greis, dem hing die Nase vor Alter fast bis
auf die Füße hinab, und seine Brauen und sein weißer Bart waren

so lang, dass sie ihn beinahe ganz verhüllten. In seiner Rechten hielt er eine Sichel, in der Linken hatte er einen Rosenkranz, dessen Knöpfe er zählte, das waren tausende und abertausende; in jedem Augenblick gab er ein Kind von sich und verzehrte es wieder. Als dieser den Fischer bemerkte, sprach er zu ihm in einem tiefen und ernsten Tone: »Zu wem willst du und wen suchst du? Viele sind hier hereingekommen, aber nicht wieder hinaus. Hat dich der Zufall hergeführt oder dein eigner Wunsch?«

»Ich will deinen Herrn sprechen,« antwortete der Fischer, »den mächtigen Herrn.«

»Da bist du zu bedauern, mein Sohn, denn vieles, vieles wirst du zu überstehen haben, bis du zu ihm gelangst. Doch jetzt, da du einmal eingetreten, ist's allerdings das beste, dass du weitergehst. Aber ich will dir einige Vorschriften geben. Du hast diesen Weg hier einzuschlagen. Auf dem wirst du an eine große Lapsána-Staude kommen, die wird auf der einen Seite von einem sehr starken, stolzen Löwen, auf der andren von einer abgemagerten, vor Hunger fast zusammenbrechenden Wölfin bewacht. Auch wirst du ringsum Stimmen vernehmen, die dich erschrecken und dir zurufen werden, deine Familie sei zu Grunde gegangen, und dergleichen Schlimmes mehr. Zage aber nur nicht und gib keine Antwort, wenn man dich bei deinem Namen ruft! Wenn du nun an der Staude vorübergegangen bist, kommst du an eine Treppe, da steig hinab, so wirst du den Gesuchten finden.«

Der Fischer tat, wie ihm der Alte vorgeschrieben, und traf Beelzebub allein in seiner Behausung an. Der stand auf und fragte ihn, ob er Töchter habe.

»Ja«, antwortete der Fischer, »ich habe drei.«

Da befahl der Teufel einem seiner Diener, den Alten mit Schätzen zu beladen; und, als das geschehen, ließ er ihn wieder nach Hause gehen und trug ihm auf, am folgenden Tage ihm eine seiner Töchter zu bringen.

Der Fischer kehrte in freudiger Stimmung nach Hause zurück. Als nun die Kinder das viele Geld sahen, das der Vater mitgebracht, da riefen sie, die Mädchen und die Jungen, durcheinander: »Vater, kauf mir ein Tuch! Mir, Vater, eine Weste! Mir eine Mütze! Mir einen Rock!«

Und am nächsten Morgen brach die älteste von den Töchtern voller Freuden mit ihrem Vater auf nach des Teufels Wohnung. Sie trafen ihn wieder allein. Nachdem der Fischer abermals aufs Reichlichste mit Geld beschenkt worden war, trat er den Heimweg an, seine Tochter aber ließ er dem Teufel als Weib zurück. Als nun die Mittagszeit herankam, ging Beelzebub aus, gab aber vorher seiner Frau einen Menschenfuß zum Mahle. Aber diese war nicht im Stande ihn zu verzehren und warf ihn daher auf den Mist. Bei seiner Rückkehr fragte sie der Teufel, ob sie den Fuß gegessen habe.

»Ja«, gab sie zur Antwort.

Da lobte er sie sehr; weil er aber ihrem Wort nicht recht traute, rief er: »Fuß, wo bist du?«

Da antwortete der Fuß: »Auf dem Miste.«

Da also der Teufel sah, dass seine Frau ihn belogen habe, gab er ihr eine Ohrfeige, und alsbald wurde sie zu Stein; darauf warf er sie in ein Gemach, wo alle die von ihm versteinerten Frauen sich befanden. Tags darauf kam der Fischer wieder, und nachdem ihm der Teufel von neuem ein Geldgeschenk gemacht, trug er ihm auf, seine zweite Tochter zu bringen. Der Alte tat das, aber es ging der Zweiten gerade so, wie der Ersten. Endlich brachte er seine jüngste Tochter. Als er wieder weggegangen war und die Mittagszeit heranrückte, setzte Beelzebub, ehe er ausging, dem Mädchen eine Menschenhand zu essen vor. Das Mädchen nahm sie und band sie sich auf den Leib. Als der Teufel zurückkehrte, fragte er es, ob es die Hand gegessen habe.

»Ja«, war des Mädchens Antwort.

Da rief der Teufel: »Hand, wo bist du?«, und diese antwortete: »Im Leibe.«

Also glaubte der Teufel dem Mädchen, und nun gewann er's sehr lieb und nahm sich's zum Weibe. Weil er aber täglich ausging, sagte er seiner jungen Frau, sie könne in alle Gemächer gehen, ein einziges ausgenommen, das er ihr bezeichnete. Eines Tags nun, als ihr Mann ausgegangen war, trieb sie die Neugier, in das verbotene Zimmer zu gehen. Aber was sollte sie da erblicken! Eine Menge Frauen, darunter ihre eignen Schwestern, allesamt versteinert! Da geriet sie in die größte Verzweiflung. Aber auf einmal bemerkte sie, dass oben an der Wand des Zimmers geschrieben stand: »Leben«, und darunter hing eine Flasche mit Lebenswasser. Sie nahm sie, öffnete sie und besprengte alle mit dem Wasser, und da kamen sie sämtlich wieder ins Leben. Nun öffnete sie ihnen die Tür und entfloh mit ihnen aus des Teufels Reich.

*Märchen aus Griechenland*

# WIE DER DOKTOR FAUSTE ZU STAUFEN VOM TEUFEL GEHOLT WURDE

Es war um die Herbstzeit des Jahres 1548, als ein Bauer mit seinem Buben vom Felde nach dem Städtlein Staufen heimkehrte. Sie hatten lange gearbeitet, und es dunkelte schon, als sie zu dem Johanniter-Bannkreuze an dem Krotzinger Sträßlein kamen. Da hörten beide ein gewaltiges Rauschen in der Luft, als ob ein Sturmwind einherbrauste, und da sie sich erschrocken umsahen, fuhr ein seltsam Wesen in der Abenddämmerung daher, das sie sich nicht zu erklären wussten. – Der Bub aber meinte, es sei ein ungeheurer Vogel gewesen, mit großen, schwarzen Feggen. Vater und Sohn entsetzten sich der Weis vor der Erscheinung, dass sie zum Johanniterkreuz flohen und dort im inbrünstigsten Gebete Stärkung suchten. Als sie aber gen Staufen kamen, war die Nacht schon hereingebrochen und hatte der Bauer noch im Leuen, der beim Ratshofe liegt, ein Gewerb auszurichten von dem Sankt Blasianischen Statthalter aus dem Schlosse zu Krotzingen, denn es wurden damals im Leuen die Sankt Blasien zustehenden Gülten und Zehnten eingehoben und war auch, wie heute noch über dem Leuenschild das Blasianisch Zeichen.

Als nun der Bauer in die Stube trat, saßen am Kachelofen zwei Fremde, davon einer eine schwarze Schaube trug und ein Barettlein wie ein Doktor, wo doch der andere Mantel, Kappen, Hut und Schwert, auch Stiefel und Sporen hatte, wie ein reisiger Knecht. Da ward es dem Bäuerlein gar seltsam zu Mute, wie er in die Stube kam und ihn der vermeintlich Doktor fragte: »He, Bauer, hast du auf dem Wege vom Krotzinger Schloss anher nit einen großen schwarzen Vogel gesehen?«, und der andere hinzufügte: »Und bist mit deinem Buben zu den Johannitern verlaufen – glaub nur, die können dir auch nit helfen, denn die meisten ihrer sind mein!«

Und hat dazu gelacht, dass es in der Stube gegellt. – War es aber dem Bäuerlein darum seltsam, weil doch niemand außer ihm und seinem Buben von dem Vogel und dass sie zu dem Johanniterkreuz geflohen, wissen konnte.

Sind aber die beiden Fremden im Leuen geblieben an die zehn Tag und haben keinen Umgang gehabt mit irgendwem. Da begab es sich vor Sankt Gallentag, dass der Doktor mit dem andern, den er seinen Schwager nannte, auf der Kammer zwischen zwölf und ein Uhr des Nachts in schweren Streit und Wortwechsel geriet, so dass alles im Hause aus dem Schlafe erwachte und der Gastwirt sich erhob, um Fried zu stiften, da es aber urplötzlich stille ward, davon abstand. Da aber der Morgen kam und zur Suppe keiner der Fremden erschien, erhob sich der Wirt und ging auf die Kammer. Dort fand er den Doktor kölschblau im Gesicht mit umgedrehtem Halse tot auf dem Boden liegend – von dem Schwager war keine Spur, aber ein übergroßer Gestank war zu vermerken, der in dem Gemach in viel Zeiten geblieben. Fand aber der Wirt in einem Beutel ein Geldlein, dass es gerade zur Zeche langte und allerhand abenteuerliche Bücher und Inschriften wie: »Den schwarzen Raben, die Mirakelkunst, den dreifachen Höllenzwang« und andere mehr, die alsbald die Herrschaft an sich nahm. Es soll aber der Fremde so im Leuen plötzlich verstorben, der weltbekannte Dr. Faustus, der ander aber, so aussah wie ein Kürisser und den er für seinen Schwager ausgegeben, der obersten Teufel einer, der Mefistophel gewesen sein, der damals dem Fausten, nachdem der aufgestellte Pakt von vierundzwanzig Jahren Dauer abgelaufen, das Genicke abgebrochen und die arme Seel der ewig Verdammnis überantwortet haben.

*Sage aus Baden*

# DIE FRAU MIT DEM SATAN IM BUNDE

E in Herr hatte eine sehr schöne Frau, die er sehr liebte. Bei alledem, dass er so schön mit ihr tat, wurde er doch gewahr, dass sie es nicht so mit ihm meinte. Er ließ es aber doch so hingehen, und da geschah es denn folgendermaßen: Die Frau hatte eine Kammerjungfer mit Namen Lorchen. Die war beständig um sie. Wenn ihr Mann einmal fortging, so waren gleich ein paar andere Herren da, die die Frau liebkosten. Jetzt wurde die Frau krank und sprach zu Lorchen: »Ich werde sterben. Du versprichst mir, dass du niemand bei meiner Leiche wachen lässt; nur du allein bleibst dabei, und was du da sehen und hören wirst, das sage niemandem.« Lorchen versprach es ihr feierlich, und die Frau starb.

Ihr Gemahl war sehr über diesen Todesfall betrübt, sprach also zu Lorchen, dass er Kummer hätte, welche Wächter er zu ihrer Leiche stellen sollte. Lorchen aber beruhigte ihn, dass niemand anderes als sie wachen werde.

Als es nun Mitternacht war, hörte sie bei der Leiche, als ob in dem Hofe ein Gerassel würde, wie das Fahren eines Wagens, wobei die Tote sich augenblicklich in die Höhe richtete, Lorchen aber vor Schreck ohnmächtig wurde. »Lorchen, liebe Lorchen«, sprach die Frau, »besinne dich. Es ist keine Zeit zu verlieren. Geh und mache den Herren, die da sind gefahren kommen, die Haustür auf.«

Lorchen erschrak nicht wenig, als sie hinter den Herrn herging, Pferdefüße an ihnen zu bemerken. Die Frau empfing die Herrn sehr liebevoll und bat sie, sich niederzusetzen, während Lorchen mit ihr gehen musste und ihr helfen, ihren Brautstaat anlegen. Als sie angezogen war, reichte sie den Herrn die Hände dar und ging mit ihnen. Lorchen aber musste sie mit dem Licht begleiten. Als sie zum Wagen kamen, setzten sie die Frau hinein. Doch anstatt dass die Herrn sollten einsteigen, nahmen sie Lorchen und warfen diese hinein in den Wagen, und nun ging es über Stock und Stein davon, dass das Feuer immer um Lorchen herumblitzte.

Als sie eine lange Weile so gefahren waren, da hörte sie Hunde bellen und die Worte: »Lorchen, lebe wohl.« Zugleich fühlte sie die goldne Kette von der Frau in ihren Händen. Sie hatte sie zum Andenken zurückbekommen. Darauf wurde es mit einem Male hell vor ihren Augen, sie sah und sah nicht mehr, wo sie war; endlich wurde sie gewahr, dass sie vor der Haustür lag. Sie wollte hinein, aber konnte nicht. Sie musste also klingeln. Der Herr sah zum Fenster hinunter und fragte verwundert: »Lorchen! Wie kommst du hierher?«

Sie aber bat ihn, ihr aufzumachen. Als sie in die Stube trat, war die Leiche fort. Nun drang der Herr in sie, was geschehen sei. Sie sagte aber, sie habe es der Frau versprochen, niemandem es wiederzusagen. So meinte der Herr, sie sollte es der toten Mauer erzählen. Das tat sie denn auch. Er hatte sich währenddem dahinter versteckt, so dass er sie mit anhören konnte und alles erfuhr. Der Schreck aber hatte auf Lorchen so gewirkt, dass sie nicht lange mehr lebte. Dass es nicht weiter kund werde und viel böse Reden errege, tat der Herr also Steine in den Sarg und ließ ihn begraben, als wenn die Frau noch drinnen liege. Er betrübte sich aber sehr darüber, dass seine Frau auf eine solche Art sei weggekommen, dass er bald Lorchen nachfolgte.

*Märchen aus Schlesien*

# Der hilfreiche Teufel

✥

## Der Teufel und der Goldhahn

E s waren einmal zwei Brüder, die hatten nicht viel Geld, aber doch ein bisschen miteinander verdient. Der ältere hieß Aljet und der jüngere hieß Weed. Da sprach Weed zu Aljet: »Was wollen wir mit dem bisschen Geld, das wir erübrigt haben, anfangen? Still liegen zu lassen, dazu ist es zu viel. Auf Zins zu geben, dazu ist es zu wenig.«

Da sprach Aljet zu Weed: »Weißt du was, wir wollen in der Lotterie spielen. Und gewinnen wir das große Los damit, dann wollen wir das Geld teilen und sind beide reiche Leute, setzen jeder ein großes Haus auf und nehmen uns eine reiche Frau herein. Hoho! Wie soll es da aber hergehn!«

Da sprach Weed: »Ja, das lass uns nur tun; besser weiß ich es auch nicht.«

Nun spielten sie in der Lotterie und gewannen wirklich den allerhöchsten Treffer. Aber was tat Aljet da? Er hatte das Los bekommen, und so konnte er auch das Geld heben. Er gab aber Weed nichts davon und behielt alles für sich. Aljet war nun so reich wie der Bauer auf dem Deiche, und Weed war so arm wie eine Laus; er hatte nichts und kriegte nichts.

Aljet baute sich ein schönes, großes Haus. Und nun wollte er auch heiraten und bekam eine schmucke, reiche Frau. Und als die Hochzeit war, da hatte er lauter ganz reiche Leute geladen – aber seinen Bruder Weed gar nicht. Weed ging aber doch auch hin und war so zerlumpt in den Kleidern. Aber was sollte er machen? Er hatte sie nicht besser. Als Aljet seinen Bruder durchs Fenster von weitem kommen sah, sprach er zu seiner Braut: »Gottes Kreuz, dort hinten kommt mein Bruder Weed und ist so zerlumpt in den Kleidern. Der darf hier nicht kommen, dem muss ich entgegenlaufen und etwas bringen, damit er nur wegbleibt.« Darauf nahm er zwei Schinken und lief ihm damit entgegen.

»Weed«, sagte er, als er zu ihm kam, »wohin willst du?«

»Zu deiner Hochzeit.«

»Zu meiner Hochzeit, du mit deinen zerlumpten Kleidern? Bist du auch klug? Sieh, da hast du zwei Schinken, damit geh zum Teufel und bleib mir von der Hochzeit.«

Weed konnte nichts anderes tun als weggehen. Und Aljet kehrte zu seiner Braut zurück und tanzte wie ein nüchtern Kalb.

Weed war schon lange vorher verheiratet mit einer Frau, so arm wie Lazarus, und hatte sich auch eine Hütte aufgesetzt von Plaggen auf die Art wie ein Schafkoben, darin waren nicht einmal Fenster. Brot hatte er nicht, aber Kinder genug. Weed ging nun mit seinen Schinken verdrießlich weg und sprach zu sich selbst: »Gehe ich nun sofort zum Teufel, oder gehe ich erst nach Hause?« Aber zu Hause sah er nichts zu fangen und dachte: »Gehe ich mit meinen Schinken nach Hause, dann essen die Kinder so gierig davon, dass sie mir noch krank werden. Dann habe ich nichts für den Teufel. Lieber will ich nur gleich vorbeigehen und sehen, was mir der alte Knubbe dafür gibt.«

Nun stiefelte er heimlich an seinem Hause vorbei und dann auf den Teufel zu. Als er drei Tage gegangen war, gereute es ihn beinahe schon. Er hatte Blasen an den Füßen und Hunger wie ein Wolf, er war kalt wie ein Frosch und zitterte wie eine Binse im Wasserpfuhl. Da sah er einen großen Busch vor sich und dachte, in dem könne der Teufel wohl wohnen. Als er in den Wald kam, da wurde der Wald je länger je düsterer und zuletzt so düster wie ein Balken.

Da sah mein guter Weed in der Ferne einen Mann vor sich

gehen, auf den ging er eilends zu. Und als er ihn erreichte, fragte er ihn, wohin er wolle.

»Nur ein Endchen Weges«, sagte der Mann. »Wohin wollt Ihr denn?«

»Ach«, antwortete Weed, »ich wollte nur zum Teufel.«

»Zum Teufel? Was wollt Ihr denn da?«

»Dem wollte ich zwei Schinken bringen.«

»Wofür?«

»Für nichts und wieder nichts.« Und nun erzählte er ihm die ganze Geschichte, wie sein Bruder ihn betrogen hatte, wie er ihn nicht auf der Hochzeit hatte haben wollen und wie er ihm die beiden Schinken gegeben und ihm gesagt hatte, damit solle er zum Teufel gehen. Dabei sah er heimlich den Mann an und bemerkte, dass er einen Pferdefuß hatte.

»Was siehst du mich so an?«, fragte der Mann.

»Ach nichts. Ich wollte Euch bitten, ob Ihr mir nicht sagen wolltet, wo der Teufel wohnt?«

»Dann kommt Ihr just an den rechten Mann. Der Teufel bin ich selbst. Gebt mir meine Schinken nur her.« Da gab er dem Teufel die Schinken, und der sagte zu ihm:

»Es dauert mich, dass dein Bruder dich so schlimm betrogen hat. Ich sehe, du hast ein gutes Herz. Du sollst auch ein gutes Geschenk wiederhaben, denn Gabe ohne Gegengabe können nicht miteinander bestehen. Sieh, da hast du einen Hahn. Allemal wenn du zu ihm sprichst: ›Hahn, kräh!‹, sogleich legt er dir einen schönen blanken Dukaten. Aber alle vierundzwanzig Stunden musst du es einmal sagen, sonst gibt er Feuer von sich, das nicht zu löschen ist, bis alles verbrannt ist.«

Weed ging nun mit seinem Hahn weg und war so froh wie ein Bettler, der einen Dreier bekommt. Als er dem Teufel nur eben aus den Augen war, da versuchte er es einmal, und richtig, es kam ein Dukaten, der noch so schön war.

Da ging es an, ein Hahnekrähen und Hahnekrähen, bis er alle Taschen voll hatte.

Nun konnte er in einem Tage den langen Weg nicht wieder nach Hause kommen und musste unterwegs in einem Wirtshause bleiben. Erst wollte ihn der Wirt nicht behalten. Er dachte, Weed habe kein Geld, weil er so zerlumpt in den Kleidern ging, und er ging vor Müdigkeit so steif, gerade wie ein Pferd, das vernagelt ist. Aber als Weed ihm eine Hand voll Dukaten wies, da behielt er ihn gerne.

»Was Teufel«, dachte der Wirt, »der Kerl geht so zerlumpt in den Kleidern, trägt sich mit einem Hahn und hat die Hände so voll Geld. Das Ding muss untersucht werden, wie der Kerl zu all dem Geld gekommen ist.« Darum richtete er es ein, dass Weed ein Zimmer allein bekam, und brachte ihm zu essen. Und als Weed da beim Essen saß, da war er doch so froh über den Hahn, streichelte und küsste ihn und gab ihm das Beste, was auf dem Tisch war. Derweil guckte der Wirt durch das Schlüsselloch. Und als Weed mit dem Essen fertig war, plagte ihn die Langeweile, und so sprach er auch einmal: »Hahn, kräh!« Und sieh da, flugs fing der Hahn an zu krähen, und ein Dukaten fiel von ihm.

Das kriegte der Wirt durchs Schlüsselloch gerade zu sehen. »Aha«, dachte er, »das soll kein Blinder gesehen haben.«

Er auf den Lauf, erzählt es seiner Frau und fragte, ob sie wüsste, wie sie an den Hahn kämen. Die sagte: »Wir haben ja einen solchen Hahn, der gerade so aussieht. Den nimm und vertausch ihn mit des Fremden Hahn, wenn der Fremde im Bett liegt und schläft.« Und das tat der Mann, und niemand war froher als er.

Morgens, als Weed aufstand und seine Zeche bezahlt hatte, ging er fort und wusste nicht anders, als dass er seinen eigenen Hahn auf dem Nacken habe. Mit einem Mal kam ihm in den Kopf, wie es die Kinder wohl tun aus Neugierde und Langeweile, einmal zu sehen, ob sein Hahn wohl auch noch krähen wolle, und

140

sagte: »Hahn, kräh!« Aber statt dass der Hahn wie sonst einen Dukaten legte, legte er nun einen Krummen. Da erschrak Weed so, als ob er einen mit einem Pfahl vor den Kopf bekommen hätte – und so wieder zu dem Teufel hin! Und er rannte, dass ihm Hören und Sehen verging.

Glücklicherweise traf er den Teufel wieder gerade auf derselben Stelle, wo er ihn zuerst getroffen hatte. Das Erste, was er sagte, war: »Da hast du alter Knubbe mich mit dem Hahn bös betrogen. Wenn du mir nichts anderes geben willst, dann behalt den Hahn. Den will ich gar nicht haben. Mit dem lauf, wohin du willst. Der legt mir ja nichts als lauter Krumme!«

Der Teufel probierte es auch noch einmal, aber richtig, es kam wieder ein Krummer. Da sprach der Teufel: »Das ärgert mich, dass du so betrogen bist. Aber du sollst doch nicht sagen, dass du bei mir zu kurz kommst. Ich habe noch einen Tisch, den will ich dir schenken.«

Als Weed den Tisch sah, sagte er: »Was soll ich mit dem alten, wackeligen Tisch? Der ist das Mitnehmen ja nicht wert.« Und es war auch gerade so ein Tisch: Wer ihn ansah, hätte ihn nicht mitgenommen.

Da sagte der Teufel: »Nimm ihn nur mit, der Tisch ist gut. Er ist jetzt nur etwas klein, aber du kannst ihn so groß machen, dass zum Essen wohl tausend an ihm sitzen können. Wenn du das eine Ende nur anfassest und ziehst tüchtig, dann wird er so lang, wie du ihn haben willst. Und wenn du dann sprichst: ›Tisch, deck dich!‹, dann steht alles darauf, was nur in der Welt zu denken ist. An essbarer Speise ist nichts zu denken, was nicht darauf steht. Und soll das Essen wieder fort, so sprich nur: ›Tisch, deck dich ab.‹ Dann ist auch alles wieder fort. Und dann schiebst du ihn wieder zusammen, wie du ihn ausgezogen hast, so ist es derselbe wieder.«

»Nun, wenn das so ist«, sagte Weed, »dann nehme ich ihn mit. Sonst bringe ich ihn dir wieder.«

Weed nahm den Tisch auf den Nacken und zog damit von dannen. Als er eine Strecke damit fort war, verspürte er bereits Hunger. »Heia«, dachte er, »du hast ja den Tisch. Was hat es da für Not. Was brauchst du Hunger zu leiden?«

Er fasste den Tisch mit einer Hand an, zog damit fort und sprach: »Tisch, deck dich!«

Aber was machte er für Augen, als alles auf dem Tische stand, was er sein Lebtag noch nicht erblickt hatte! Da war Suppe mit Hühnerfleisch und allerhand Gemüse und von allerlei Arten Fleisch und Speck und Wein so viel, als er sein Lebtag noch nicht geschmeckt hatte. Aber er tat sich auch recht was zugute und richtete sein Herz einmal ordentlich auf. Dann sagte er: »Tisch, deck dich ab!«, schob ihn wieder zusammen, und dann ging er wieder in das Wirtshaus, wo er die vergangene Nacht gewesen war, denn er konnte unter dem blauen Himmel nicht liegen.

Als der Wirt ihn zu sehen kriegte, dachte er: »Aha, da ist wieder etwas zu machen. Was will er sonst mit so einem alten, wackeligen Tisch?«

Als der Wirt ihn fragte, ob er auch etwas zu essen haben wolle, antwortete er: Nein, er habe Essen genug bei sich. Er wolle nur in ein Zimmer für sich gehen. Und als er drinnen war, sah der Wirt wieder durchs Schlüsselloch. Weed kriegte wieder seine kindischen Einfälle zu fassen, machte das ganze Zimmer voll Tisch und sagte dann:

»Tisch, deck dich!« Und es war wieder alles darauf.

Als der Wirt sah, dass das so ein rarer Tisch sei, dachte er, der könne ihm gerade passen. Und er holte sein Weib auch herbei. Derweil hatte Weed das Essen just getan und schob den Tisch wieder zusammen, nachdem er zuvor gesprochen hatte: »Tisch, deck dich ab!« Da war der Tisch wieder wie gewöhnlich.

»Was nun für Rat«, sagte der Wirt zu seiner Frau, »dass wir auch den Tisch bekommen?«

»Lauf schnell zu unserem Nachbarn, der hat gerade so einen Tisch. Den kauf ihm ab und setz ihn für den anderen an die Stelle, wenn der fremde Mann schläft.« Und das tat der Wirt, während Weed schlief, dass das eine Auge das andere nicht sehen konnte, und sich um Gott und die Welt nicht kümmerte.

Morgens, als Weed aufkam, ging er mit seinem Tische fort und wusste nicht anders, als dass er seinen eigenen Tisch habe. Als er eine Strecke Weges fort war, wurde er hungrig. Er machte sich nun daran und wollte den Tisch ausziehen, wie er vorher getan hatte; aber der ganze Tisch ging mit.

»Was, Teufel, was ist das?«, sagte Weed. Er sagte: »Tisch, deck dich!« Aber es kam nichts. Er wieder auf den Teufel zu, als ob er Feuer in der Hose hätte. Und glücklich kam er auch wieder bei dem Teufel an und schalt ihm den Buckel so voll, als er halten konnte, dass er ihn zweimal genarrt habe. »Das ärgert mich nun betrübt, dass du zweimal betrogen bist. Aber nun komm! Sieh da, da hast du einen Sack, darin sind Knüppel. Den will ich dir noch geben, sonst habe ich nichts mehr. Wenn du den Sack nur öffnest oder sprichst: ›Knüppel aus dem Sack!‹ – gleich kommen die Knüppel heraus und hauen alles, was ihnen vorkommt. Und so lange, bis du sagst: ›Knüppel in den Sack!‹ Wenn nun jemand ist, auf den du einen Pik hast, oder wenn dir einer etwas will, dann bind ihn nur los oder sag: ›Knüppel aus dem Sack!‹ Dann sollst du einmal sehen, was Hauen ist.«

Nun ging Weed mit den Knüppeln weg – aber so froh nicht, wie er die Male vorher gewesen war, denn er dachte, die Knüppel seien so gut nicht für ihn wie der Dukatenhahn und der Tisch-deck-Dich! Abends kam er wieder in seinem alten Wirtshause an. Nun hatte er noch einen tüchtigen Stüber Geld, aber Essen musste er haben, denn sein Tisch war weg. Er ließ sich Essen zurechtmachen, und während er aß, guckte der Wirt wieder durchs Schlüsselloch und dachte, es sollte wieder etwas geben. Weed aß nach Herzenslust, aber für den Wirt passierte nichts. Als Weed zu Bett ging, sagte er zu dem Wirt, er solle ihm nicht in den Sack gucken. Aber der Wirt konnte kaum so lange warten, bis mein guter Weed zu Bett war. Als er nun meinte, Weed schlafe – da ging er nach dem Sack und aufgeknüpft. Aber wie er brüllte, als ihm die Knüppel auf dem Rücken tanzten! Sein Weib und sein Gesinde kamen herbeigelaufen und meinten, er habe Hals und Beine gebrochen. Aber sobald sie hereinkamen, kamen ihnen auch die Knüppel auf den Rücken, und sie brüllten, dass Weed aus dem Bett kam und fragte, was los sei? Da sagte das Weib: »Steuer nur deine Knüppel! Wir wollen dir den Hahn und den Tisch gern wiedergeben.«

»Aha!«, sagte Weed. »Habt ihr Tisch und Hahn, so sollt ihr noch erst etwas draufhaben«, und ließ sie so lange knüppeln, bis es ihm selbst zuviel wurde. Da sprach er: »Knüppel in den Sack!«

Darauf gingen sie hin und holten ihm den Tisch und den Hahn wieder. Nun hatte er alles miteinander, und Weed freute sich nicht wenig. Anderen Tages, des Morgens, ging Weed nach seinem Hause zu, den Hahn unter dem Arm, Tisch und Sack auf dem Nacken. Unterwegs ließ er den Hahn noch eine halbe Stiege krähen und traf dann auch sein Weib an. Aber seine Frau fing gar heftig zu zanken mit ihm an und sagte: »Das ist nun der sechste Tag, dass du aus dem Hause bist. Und man weiß nicht, wohin du gestoben oder geflogen bist. Und nun kommst du noch mit solchen dummen Dingern, mit einem Hahn und einem wackeligen Tisch. Und mit einem Sack, darin hast du ja wohl Knochen, du rechter Lump. Du bist ja wohl verwirrt im Kopfe, dass du so lange aus dem Haus bleibst, und sagst nicht einmal, wohin du gehst. Und ich muss sitzen und Hunger und Kummer leiden mit den Kindern.«

Da fing Weed an und sagte: »Nun schweig nur still, hast jetzt genug gesprochen. Das sind so dumme Dinger nicht, wie du meinst. Pass auf, du sollst es sogleich sehen.« Da ließ er seinen Hahn krähen, und zum Tisch sagte er: »Tisch deck dich!«

Aber als die Frau das sah, die blanken Dukaten und allerlei essbare Speise, da sprang sie vor Freuden hoch, schlug die Hände zusammen und wusste nicht, was sie sagen sollte. »Wie auf Gottes Welt bist du dazu gekommen? Nun sind wir ja auf einmal reich, wenn der Hahn immer so tut.«

»Ja«, sagte Weed, »so tut er jedes Mal«, und ließ den Hahn so lange krähen, bis sie das Geld nicht mehr zählen konnten; sie mussten es messen,

Aber sie hatten, Gott besser's, keinen Scheffel. Darum mussten sie ihren kleinen Knaben zum Bruder Aljet schicken, dass der ihnen einen Scheffel leihe. »Was, Teufel!«, dachte Aljet. »Was hat mein Bruder Weed wohl zu messen? Einer, der nichts hat, kann der auch etwas messen? Das will ich wissen«, sprach er zu sich selbst. Also schmierte er ein wenig Pech unten auf den Boden des Scheffels, gab den Scheffel dem Knaben mit und sagte: »Du musst ihn mir aber sogleich wiederbringen, wenn ihr gemessen habt.«

Als der Knabe nach Hause kam, maßen sie das Geld, und da hatten sie zwei und einen halben Scheffel voll Dukaten. Als sie nun mit dem Messen fertig waren, sagte der Knabe: »Aljet Ohm hat gesagt, ich solle ihm den Scheffel sogleich wiederbringen.«

»Dann lauf«, sprach Weed, »und komm rasch wieder.«

Als der Knabe mit dem Scheffel nach Aljets Haus kam, war das Erste, was Aljet tat, dass er in den Scheffel guckte. Und da sah er noch eine halbe Stiege Dukaten am Boden kleben.

»Was, Satan! Was hat dein Vater gemessen, Kniljes (Kornelius)?«

»Lauter Dukaten«, antwortete Kniljes.

»Lauter Dukaten? Wie auf Gottes Welt ist er zu denen gekommen?«

»Die legt unser Hahn.«

»Euer Hahn?«

»Ja, unser Hahn.«

»Wie ist er denn an den Hahn gekommen?«

Da fing der kleine Kniljes an und erzählte ihm alles, wie sein Vater den Hahn empfangen hatte, wie der Wirt Weed den Hahn und den Tisch genommen hatte und wie er sie wiederbekommen hatte, kurzum, er erzählte ihm alles, wie es damit zugegangen war.

»Aha«, dachte Aljet, »das soll kein Tauber gehört haben!«

Er eins, zwei, drei, ein Schwein beim Kopf genommen, geschlachtet und die Schinken abgeschnitten. Denn Schinken hatte er nicht mehr, weil sie die, welche Weed nicht bekommen hatte, alle auf der Hochzeit aufgegessen hatten. Und damit auf den Busch zu, den Kniljes ihm als des Teufels Aufenthalt bezeichnet hatte. Und was für ein Glück! Er traf ihn dort auch an.

Als Aljet nun bei dem Teufel ankam, fragte der Teufel, wohin er mit den beiden Schinken wolle, die er auf dem Nacken trage?

»Ich will sie dem Teufel bringen«, sagte Aljet.

»Was soll er damit?«

»Ich will sie ihm bloß schenken.«

»Gabe ohne Gegengabe können nicht miteinander bestehen«, antwortete der Teufel. »Sag nur, was ich dir schenken soll.«

»Ach, wenn ich nun doch einmal etwas haben soll, dann gib mir einen solchen Hahn, wie du meinem Bruder Weed gegeben hast.«

»Sieh, da hast du einen«, sprach der Teufel, zog einen aus dem Busen und gab ihm den, sagte aber nicht dabei, dass er Feuer von sich gebe, wenn man ihn nicht alle vierundzwanzig Stunden krähen ließe.

Nun Aljet damit nach dem Wirtshause und dachte, der Wirt solle ihm den Hahn nehmen, damit er auch den Tisch bekomme; den Hahn könne er ja immer wieder herausknüppeln. Aljet blieb im Wirtshause bis zum anderen Morgen und meinte, nun sei sein Hahn vertauscht. Aber nein, der Wirt hatte ihn nicht angerührt, denn er fürchtete sich vor neuen Knüppeln. Aljet ließ seinen Hahn krähen, aber es war derselbe noch.

Nun hatte der Wirt noch gerade so einen Hahn, den kaufte Aljet ihm ab, begab sich damit zum Teufel und schalt ihn tüchtig aus, dass er ihn so betrogen habe, denn der Hahn wolle ja gar nicht krähen.

»Ja«, sagte der Teufel, »was soll ich dir denn schenken?«

»Ach, dann gib mir einen solchen Tisch, wie du meinem Bruder Weed geschenkt hast.«

»Sieh, da hast du einen«, erwiderte der Teufel und reichte ihm einen alten, wackeligen Tisch hin, und Aljet ging damit wieder zum Wirtshaus und dachte: »Den Tisch vertauschen sie mir gewiss, damit ich auch die Knüppel bekomme. Die muss ich doch notwendig auch noch haben.«

Aber des anderen Morgens war sein Tisch ebenso wenig angerührt. Er musste sich just so gut einen Tisch kaufen, wie er sich einen Hahn gekauft hatte. Damit begab er sich wieder zum Teufel, fing abermals seine Schelterei an, und der Teufel gab ihm auch einen Sack mit Knüppeln – sagte ihm aber nicht, dass er auch sprechen könne: »Knüppel in den Sack!« Und das hatte Kniljes ihm auch nicht erzählt. Nun war Aljet gar froh, dass er die drei Teile just so gut hatte wie sein Bruder Weed. Und er eilte nach Hause, als ob er einen Totschlag begangen hätte.

Nun kam er zu seinem Weib und sprach: »Welches Glück! Ich habe alle drei Teile just so gut wie mein Bruder Weed. Was ist das für ein edler Hahn und welch ein trefflicher Tisch! Und die Knüppel, das ist noch das Beste von allem. Denn wenn man nur einmal sagt: ›Knüppel aus dem Sack!‹, dann kommen ... Gottes Kreuz, da sind sie schon!«

Und nun die Knüppel ans Hauen auf das Weib und auf ihn, dass sie vor Not nicht wussten, wohin sie sollten. Doch liefen sie vor Angst und Schrecken zu Weed hin, denn selber sie steuern konnten sie nicht.

»Bruder, hilf! Bruder, hilf! Sie schlagen uns tot!«, riefen sie schon von ferne.

Weed, der nichts von der Sache wusste, dachte: »Was Teufel ist da zu tun?«

Und sie riefen immer: »Weed, hilf! Weed, hilf!« Endlich, als sie zu ihm kamen, fuhr ihm durch den Sinn, er möchte diese Knüppel auch wohl steuern können, und er sprach: »Knüppel in den Sack!«

Da ließen sie das Schlagen sein und krochen zu Weeds Knüppeln in dessen Sack.

»Wie seid ihr zu den Knüppeln gekommen?«, fragte Weed. Da fingen sie an zu erzählen, aber mit einem Mal, als sie zufällig aufblickten, stand ihr schönes Haus in Brand, denn der Hahn hatte ganze vierundzwanzig Stunden nicht gekräht. Aljet hatte gedacht, er könne ihn zu Hause noch genug krähen lassen.

Nun war Weed reich und Aljet arm, denn es war ihm alles verbrannt, mitsamt dem Hahn und dem Tisch. Und wenn sie noch nicht anders geworden sind, dann sind sie noch so. Und der es zuletzt erzählt hat, der lebt noch.

*Märchen aus Oldenburg*

# Der grünbärtige König

Wo war's, wo war's nicht, siebenmal sieben Königreiche weit von hier und auch noch jenseits davon, wo das kleine Ferkel mit dem kurzen Schwänzchen wühlt, da war ein grünbärtiger König. Dieser grünbärtige König machte sich einstmals auf und zog hinaus auf die Wanderschaft. Er war schon sehr lange gewandert, traun, schon hundert Nadellängen war er gegangen, erst da kam es ihm in den Sinn, dass es gewiss schon siebenzehn Jahre wären, seit er von Hause fortgezogen. Von dem vielen Hin- und Hergehen war er sehr müde. Ihn dürstete. Er setzte sich am Ufer eines Baches nieder. Dann beugte er sich zum Wasserspiegel nieder, um einen tüchtigen Trunk zu tun. Kaum hatte er ein, zwei Schluck getan, da fasste jemand seinen Bart. Er wollte ihn zurückziehen, doch er konnte es nicht. Er schrie ins Wasser: »Höre, du Ich-weiß-nicht-wer! Lass meinen Bart los, solang dir's noch gut geht!«

Doch er wurde nur noch stärker gezogen. Schon verlegte er sich aufs Bitten, denn er wurde so niederwärts gezogen, dass er beinahe erstickte. Da sagte plötzlich jemand im Wasser: »Wenn du mir gibst, wovon du in deinem Reich nicht weißt, lasse ich deinen Bart los.«

»Von was in meinem Reich sollte ich wohl nicht wissen? Auch von der geringsten Nadel weiß ich!«, sagte der grünbärtige König.

»Also versprich mir nur, dass das mein werde, wovon du in deinem Reich nicht weißt«, sagte im Wasser der König der Teufel, denn das war er.

»Nun gut, es sei dein! Davon wirst du aber auch kein Brot backen können, von dem, wovon ich in meinem Reich nicht weiß!«, sagte der grünbärtige König.

Doch war ihm schon ganz elend zumute bei diesem wohl oder übel auf dem Bauch liegen müssen, als ihn der König der Teufel losließ. Dann wandte er sich heimwärts und dachte nach, was das wohl sein könnte, wovon er zu Hause, in seinem Reich, nicht wüsste.

Wie er nach Hause kommt, springt ihm ein schöner großer Bube entgegen, fällt ihm um den Hals und küsst ihn wieder und wieder.

»Ach, mein lieber Vater, wie lange hast du uns hier allein gelassen; wie gut, dass du einmal zu Hause bist!«

Der König starrte ihn mit großen Augen an. Er stieß den Buben fast von sich. »Wessen Vater bin ich? Wessen Sohn bist du? Ich kenne dich nicht.«

Doch seine Gemahlin erzählte ihm drinnen, dass das wirklich sein Kind wäre; er zähle gerade so viele Jahre wie vergangen, seit er von Hause fortgezogen wäre.

Jetzt ging ihm ein Licht auf. Er besann sich, dass er dem König der Teufel etwas versprochen hatte, von dem er in seinem Reich nichts wüsste. Also dieser schöne Bursche war es gewesen, von dem er nichts wusste. Er verzehrte sich schier. Er dachte wohl auch daran, dass es gut wäre, den Knaben nicht hinzugeben, doch im selben Augenblick fürchtete er sich davor, dass dann der König der Teufel selbst kommen würde, ihn zu holen.

Er ließ den Buben zu sich rufen. Er erzählte ihm alles, wie es war. Der Jüngling erschrak keineswegs. Ja, er beteuerte sogar, es würde schon gut werden, er ginge fort. Anderntags rüstete er sich und ging auch von dannen.

Er geht, geht, wandert durch siebenmal sieben Königreiche, langt bei dem Bach an, wo seines Vaters Bart festgehalten worden war. Im Wasser schwammen sieben wunderschöne, goldene Wildenten, und am Ufer wehte der Wind ein Hemd hin und her. Er bückt sich, nimmt das Hemd auf, will es schon in seinen Ranzen stopfen, da wandelt sich eine der sieben Goldenten in ein zauberschönes Mädchen und spricht zum Königssohn: »Schöner

150

Königssohn, ich weiß, wer du bist und wohin du eilst. Du bist des grünbärtigen Königs Sohn und gehst zu meinem Vater, denn der hat dich von deinem Vater gewonnen. Gib mir mein Hemd her; für deine gute Tat erwarte Gutes!« Der Königssohn gab es hin. Das Mädchen kleidete sich an, zog einen Goldring vom Finger, gab ihn dem Königssohn.

»Nun, verwahre den. Durch zwölf Burgtore kannst du gehen, ohne dass es jemand merken wird. Dreh nur den Ring, dann öffnet sich das Tor von selbst. Und wenn du hineingelangt bist, dann wird dir schon mein Vater solche Dinge auftragen, die kannst du nicht verrichten, und wenn du ein Engel wärst. Ich werde dein Helfer sein. Abends gegen acht Uhr werde ich als Brummfliege dort bei deinem Fenster summen, lass mich ein und fürchte nichts!«

Der Jüngling steckte den Ring an den Finger, verabschiedete sich von dem Mädchen und ging zum Schloss des Teufelkönigs. Zwölf Burgtore versperrten ihm den Weg, doch wenn er den Ring drehte, tat sich jedes von selbst auf. Schließlich tat sich die Schlosstür auf, und nun stand der König der Teufel vor ihm.

»Erlauchter König, Gnade meinem Haupt! Hier stehe ich vor dir!«

»Nun, wenn du hier bist, ist's gut«, sagte der König, »doch du sprichst sehr keck; du weißt vielleicht nicht, zu wem du gekommen bist?«

»Ich weiß es«, sagte der Königssohn, »doch du bist nichts Besseres als mein Vater. Der ist König, du bist auch König; so steht's damit!«

Der König wurde sehr wütend.

»Na, warte nur! Drei Aufgaben musst du erfüllen. Kannst du ihrer Herr werden, gut, wenn nicht, ist's aus mit dir. Hier ist dieses Kohlblatt; nimm es! Jetzt werde ich dich in ein Zimmer sperren; wenn du daraus nicht bis morgen früh einen Kranichfederhut machst, so kannst du beten!«

Damit gingen sie in ein Zimmer. Die Türen wurden hinter dem Königssohn zugeschlossen, von allen drei Seiten. Essen und Trinken stellten sie ihm hinein, damit er sich nicht langweile. Als er allein gelassen war, wurde er wahrlich traurig. »Ach, dass du deine Mutter nicht mehr beweinen könntest, Teufelkönig«, sagte er zu sich, »du trugst mir auf, was ich nimmer vollbringen kann, solange die Welt steht!«

Er hätte sich noch weiter gehärmt und gesorgt, doch da hörte er am Fenster ein Summen. Jetzt kam ihm das schöne Mädchen in den Sinn. Er geht hin, und da hört er, wie die Brummfliege sagt:

>»Lass mich, mein Täubchen, ein,
>dein Helfer will ich sein!«

Er öffnete flugs das Fenster. Die Brumme flog hinein, ein wunderschönes Mädchen wurde aus ihr.

»Nun, mein süßes Herz, mein schönes Lieb, sprich, worin kann ich dir helfen?«

Da erzählte Janos, wie bestürzt er wäre, sollte er doch aus einem Kohlblatt einen Kranichfederhut machen!

»Wenn's weiter nichts ist«, sagte das Mädchen, »dann ist's nicht schlimm; wo ist dieses Kohlblatt?«

»Hier ist's.«

»Nun, schau nur!«, und im selben Augenblick lag auf dem Tisch ein so schöner Kranichfederhut, wie ihn vielleicht sogar Kaiser Franz Josef auch noch nicht auf dem Kopf getragen hat.

Der Jüngling schaute sich fast die Augen aus, so schaute er. So etwas hatte er noch nicht gesehen.

Dann sprach sie: »Morgen Abend komme ich auch; aber zögere nicht so lange wie heute; wenn du mein Summen hörst, lass mich ein. Doch jetzt gehe ich, öffne das Fenster!«

*152*

Im Augenblick wurde aus ihr eine kleine, winzige-wunzige Brumme.

Und der Königssohn legte sich ruhig nieder; er wusste, dass der Teufelkönig die Augen aufreißen würde, wenn er das erblickt.

Anderntags in aller Frühe kam auch der alte Teufel. Kaum war er eingetreten, so sah er auf dem Tisch den schönen Kranichfederhut. Er sagte zum Jüngling: »Na, das hast du brav gemacht!«

»Das will ich meinen«, sagte drauf der Jüngling sehr keck.

»Hm, wenn du so übermütig bist, so werde ich dir gleich etwas auftragen, was du sicherlich nicht vollbringen kannst.«

Damit ging der Teufelkönig hinaus und brachte ein Töpfchen Kohlsuppe.

»Na, wenn du daraus nicht bis morgen früh einen silbernen Sporn machst, ist's aus mit dir!«

Der Jüngling zuckte auch daraufhin nur mit den Achseln.

»Das wird auch schon noch werden, wenn der liebe Gott hilft!«

Damit ging der König hinaus, und der Königssohn blieb allein.

»Kohlsuppe und silberner Sporn! Na, daraus kann doch sicher nichts werden. Dieser König ist närrisch im Kopf, wenn er so etwas ausdenkt«, dachte er bei sich. Er erwartete den Abend, die achte Stunde. Kam die kleine Brumme.

> »Lass mich, mein Täubchen, ein,
> dein Helfer will ich sein!«

Er ließ sie ein, und sie wurde wieder jenes schöne Mädchen, das er vom Bachesrand aus gesehen. Er erzählte ihr, was ihr lieber Vater befohlen hatte. Doch das war ihr auch wie nichts. Aus der Kohlsuppe fertigte sie einen solchen silbernen Sporn, dass, wer auch immer wollte, ihn hätte anschauen können. Ach, wie glücklich war der Königssohn, dass ihm der liebe Gott geholfen hatte! Er umarmte und küsste das Mädchen auch nach Herzenslust. Dann rüttelte sich das Mädchen wiederum, wurde eine kleine Brumme aus ihr, und sie flog von dannen.

Anderntags fiel der Teufelkönig fast auf den Rücken, als er den prächtigen, silbernen Sporn erblickte. Doch er ließ nicht ab vom Burschen, um jeden Preis trachtete er ihm nach dem Leben, wollte ihn verderben. Er brachte einen Humpen klaren, reinen Wassers herein.

»Na, wenn du daraus nicht bis morgen früh ein kupfernes Handbeil machst, kannst du dein Testament im Voraus schreiben!«

Der Königssohn sagte nichts. Er wartete auf den Abend. Er glaubte, da bisher alles gegangen war, so würde es auch nachher gehen. Nun wohl! Als jedoch die kleine Brumme sich in ein schönes Mädchen verwandelt hatte und den Befehl erfuhr, da hat sie nur den Kopf geschüttelt. Das konnte auch sie nicht zustande bringen!

»Weißt du was?«, sprach sie zum Königssohn. »Wir gehen von hinnen, denn hier wird's uns nicht gut ergehen. Ich werde dich mit meinem Stecken schlagen, dann wandelst du dich in einen Goldring, mein schönes, kleines, braunes Pferd wird zu einem goldenen Apfel, ich werde ein Vogel, und wir eilen von dannen.«

Wie sie gesagt hatte, so wurde es. Aus dem Königssohn wurde ein goldener Ring, aus dem schönen, kleinen, braunen Pferd ein goldener Apfel, und das Mädchen wurde ein Vogel, nahm den Ring in den Schnabel, den Apfel in den Fuß und flog, flog wie der Gedanke.

Anderntags in der Frühe merkte ihr Vater, dass weder Tochter noch Königssohn da waren. Sogleich wusste er, dass sie unter einer Decke steckten. Er sagt zu seinem Knecht: »Auf, ihnen nach! Wenn du nur irgend kannst, bring sie zurück!«

Solch Rennen soll's nochmal geben wie das, was dieser Knecht da anhub! Er rannte wie der Blitz. Plötzlich sagt der Vogel zum

Ring: »Wehe, hinter meinem Rücken weht ein hurtiger Wind! Sie kommen hinter uns her!« Das war auch richtig.

Er sah ein dichtes Gebüsch, gerade mittendrin ließ er sich nieder. Bald darauf war der Knecht ihnen auf der Spur, doch vergeblich suchte, stöberte er umher, aber er fand nichts. Er geht heim, sagt zum König: »Erlauchter Herr! Ich habe von ihnen nicht soviel gesehen wie das Schwarze unter meinem Nagel! Einzig und allein ein Busch war auf der Puszta und mittendrin ein kleiner Vogel.«

»Der ist's gewesen, du Esel!«, sagte der König. »Ich sehe schon, ich muss selbst gehen, denn auf Euch ist kein Verlass.«

Doch wenn jemand auch schon ein hurtiges Laufen gesehen, den Teufelkönig hätte er sehen sollen! Der kleine Vogel stürmte wohl auch voran, doch nutzlos wäre es gewesen, wie immer er auch geeilt hätte, wenn dort nicht gleich des Reiches Grenze gewesen wäre, wäre er doch gefangen worden. Doch des Teufelkönigs Macht reichte nur bis zur Grenze seines Reiches, weiter nicht. Als er sah, dass jene die Grenze überschritten hatten, wurde er so wütend, dass er auf der Stelle platzte.

Der kleine Vogel verwandelte sich ins schöne Mädchen, der Ring wurde zum Königssohn, der goldene Apfel zum schönen, braunen Pferd. Auf das Pferd setzten sie sich alle beide, zogen heim in des grünbärtigen Königs Reich.

Zu Hause wurden sie getraut, hielten Hochzeit. Ich bin auch dort zur Hochzeit gewesen als Bassgeiger. Ich habe mich so satt gegessen an Wurst und Bratwurst, dass ich noch anderntags kein Essen brauchte. Hans will ich heißen, wenn's nicht wahr ist. Wenn sie nicht gestorben sind, leben sie auch jetzt noch.

*Märchen aus Ungarn*

# Die beiden Fleischhauer
## in der Hölle

E s waren einmal zwei Brüder, beide Fleischhauer, der eine
war reich, der andere arm, der reiche war bösartig, der arme
gutmütig. Weil aber der Arme nicht selbst schlachten konnte, so
half er seinem Bruder und empfing dafür immer einen kleinen
Lohn. Einmal hatte der Reiche wieder geschlachtet, und zwar
sehr viel, und der arme Bruder hatte sich müde gearbeitet; doch
der Reiche gab ihm wieder nur eine kleine Wurst. »Gib mir noch
ein Würstchen, ich habe es wohl verdient!«, sprach der Arme.

»Nun so nimm«, rief der Reiche unwillig und warf ihm eins
hin, »und geh damit zum Teufel!«

Der Arme ging ruhig nach Hause und schlief bis zum andern
Morgen, dann briet er eine Wurst, um sie auf den Weg zu nehmen,
hing die andere an einen Stab, so wie es die Zigeuner machen, wenn
sie sich vom Markte Fleisch holen, nahm diesen auf den Rücken
und ging geradewegs zum Teufel. Aber weil die Hölle, wie ihr euch
denken könnt, sehr weit ist, so langte er erst am andern Morgen
an; die Teufel waren gerade zur Arbeit ins Holz gefahren, nur die
Teufelsgroßmutter war zu Hause geblieben, und diese schaute eben
zum Fenster heraus. Da grüßte der Fleischhauer freundlich: »Guten
Morgen, alte Großmutter, na wie geht es Euch noch?«

»Gut, mein Sohn, aber was hat denn dich hergeführt; sonst
kommt kein Menschenkind aus freien Stücken hierher!«

»Auch ich wäre nicht gekommen«, sprach der Fleischhauer,
»allein mein Bruder schickte mich mit dieser Wurst!« Damit langte er mit seinem Stabe hin, und die Teufelsgroßmutter nahm die
Wurst zum Fenster hinein und dankte dafür und rief ihn hinein
in die Hölle.

»Oh, wie gerne«, sprach der Arme, »will ich das tun; bei Eurem großen Feuer kann ich mich und meine Wurst erwärmen, denn hier draußen ist es verteufelt kalt!«

Die Teufelsgroßmutter tat ihm alles Mögliche zu Gefallen, und gegen Abend verbarg sie ihn unterm Bett, damit die hungrigen Teufel, wenn sie heimkämen, ihn nicht finden sollten. Bald kamen diese und schrien: »Essen her, Essen her! Oh weh, welch eine Pein ist doch der Hunger! Ha, hier riecht es nach Menschenfleisch, nicht?« Da schnupperten alle im Zimmer herum. Die alte Großmutter beschwichtigte sie aber gleich, denn sie stellte die dampfende Schüssel auf den Tisch und sagte, es sei wohl ein Mensch da gewesen, allein der sei entwischt, davon rieche es noch. Damit waren sie zufrieden. Sie aßen sich nun satt, wälzten sich dann auf ihre Betten und schliefen bis an den Morgen und fuhren dann wieder ins Holz.

Jetzt rief die alte Großmutter den Fleischhauer unterm Bett hervor und sprach: »Nun kannst du unbesorgt nach Hause gehen!« Da nahm sie ein Haar, das in der Nacht von einem der Teufel auf das Polster gefallen war, schenkte es ihrem Gast und sprach: »Wenn du zu Hause bist, wirst du erst sehen, was für einen Schatz du daran hast!«

Der Fleischhauer dankte für die freundliche Aufnahme und das Geschenk, sagte in seiner Gutmütigkeit noch zu guter Letzt: »Gott segne dich, alte Großmutter!«, und zog dann heim. Als er zu Hause anlangte, wurde das Haar plötzlich so groß wie ein Heubaum und war von purem Gold. Dadurch wurde er ein reicher Mann, viel, viel reicher als sein Bruder, schlachtete von nun an für sich und hielt noch viele Gesellen.

Da wurde sein Bruder neidisch und konnte es nicht länger verwinden, dass er ärmer sein sollte; er hatte aber erfahren, wie sein Bruder reich geworden. Da nahm er eines Tages eine große, große Wurst und zog damit in die Hölle; er langte auch erst am anderen Morgen an und sah die Teufelsgroßmutter im Fenster. »Was machst du denn hier, du alte Hexe?«, rief er spöttisch, ohne ihr einen guten Morgen zu bieten. »Ich warte auf deine Wurst, her damit!«

»Daran wirst du deine grünen Wackelzähne nicht wetzen, die bringe ich für die Teufel, und ich will dafür einen goldnen Heubaum.«

»Gut denn, so komme herein und warte hier; auf den Abend kommen die Teufel aus dem Holz nach Hause.«

Der Fleischhauer ging hinein und setzte sich auf einen Stuhl hinter die Tür. Als am Abend die Teufel wieder hungrig nach Hause kamen, schrien sie: »Essen her, Essen her, oh weh, welch eine Pein ist doch der Hunger!« Bald aber witterten sie den Fremden und riefen: »Es riecht nach Menschenfleisch!«

»Hinter der Tür ist der Braten!«, sprach die Teufelsgroßmutter. Da fielen die hungrigen Teufel über den Fleischhauer her und zerrissen ihn auf einmal in tausend Stücke.

Der früher so arme, jetzt aber reiche Fleischhauer erbte nun auch das Vermögen seines geizigen und habsüchtigen Bruders. So geht es oft in der Welt; wenn es nur immer so ginge!

*Märchen aus Siebenbürgen*

# Der Teufel als Advokat

In einem kleinen Dorfe lebte einmal ein armer Mann, der bekam die Nachricht, dass er an einem anderen Orte eine kleine Erbschaft erheben könne. Da hat er sich sofort auf den Weg gemacht, um das Geld zu holen, denn er hatte es sehr nötig.

Gegen Mittag kam er in ein Dorf, und da er großen Hunger hatte, ging er in ein Wirtshaus und bat den Wirt um etwas zu essen; zahlen könne er's freilich nicht, aber er sei auf dem Wege, eine Erbschaft zu erheben, und wenn er zurückkomme, werde er zahlen.

Der Wirt hat gesagt, wenn's so sei, wolle er ihm schon etwas zu essen geben. Er hat ihm zwei gesottene Eier gebracht und etwas weniges dazu. Nachdem er gegessen hatte, ist der arme Mann zu dem bestimmten Ort gegangen, und dort hat man ihm ohne Weigern seinen Teil ausbezahlt. Ganz fröhlich ist er wieder in das Wirtshaus, um seine Schulden zu bezahlen.

Der Wirt hat gesagt, er müsse zuerst die Zeche ausrechnen.

Dann hat er den Mann eine Weile allein gelassen und ist dann wieder gekommen. Er hat dem Mann vorgerechnet: Die beiden Eier, die er gegessen habe, hätte er ausbrüten lassen können, dann wären Hühner daraus geworden, die hätten wieder Eier gelegt, aus denen wieder Hühner geworden wären und so fort. Schließlich rechnete er dem Manne vor, dass er ihm die ganze Erbschaft für die zwei Eier geben müsse.

Der hat's getan und ist traurig seines Weges gegangen. Da begegnete ihm im Walde ein junger Mann; der hat gefragt, warum er so traurig sei. Der Alte hat zuerst nur gesagt, er könne ihm ja doch nicht helfen. Am Ende aber ist er doch herausgerückt. Da hat der junge Mann ihm geraten, er solle den Wirt auf den nächsten Tag ins Recht rufen. Schlag zwölf Uhr werde er kommen und ihm als Advokat beistehen.

Der Alte hat so getan, und am nächsten Tage ist der Wirt mit zwei Advokaten in der Rechtsstube erschienen. Die haben den Alten gefragt, ob er keinen Advokaten habe.

»Um zwölf Uhr wird schon einer kommen«, hat der geantwortet. Es rückte schon hart auf zwölf Uhr, und niemand kam; da bekam es der Alte mit der Angst und meinte, er sei betrogen worden.

Schlag zwölf Uhr aber ist die Tür aufgegangen, und sein Advokat ist in die Rechtsstube getreten. Er hat gesagt:

»Ich habe Leute bei mir, um Hirse zu säen, da habe ich noch schnell einen Kessel Hirse kochen müssen, damit sie sie säen können.«

Die anderen haben ihn weidlich ausgelacht und haben gesagt: »Das wird eine schöne Hirse geben, wenn du sie kochst, bevor du sie säest.«

Da hat sich der Advokat in Positur gesetzt und hat gesagt: »Das ist genau so, wie mit den Eiern, die der Wirt dem armen Manne gegeben hat. Aus denen hätte er auch keine Hühner gewinnen können, denn sie waren gekocht.« Da hat der Wirt alles Geld dem Armen zurückgeben müssen. Sofort hat der junge Mann ihn und einen von seinen Advokaten gepackt und ist mit ihnen unter Feuer und Flamme dorthin gefahren, wo man Fett käst. Dem anderen Advokaten ist seitdem auch die Lust an seinem Handwerk vergangen. Der Alte aber ist fröhlich mit seinem Geld nach Hause gezogen.

*Märchen aus Graubünden*

# Der Teufel, ein Fürsprech

Durch die Mark zog ein Landsknecht, der blieb in einer Stadt krank liegen und gab seinen vollen Geldbeutel, den er mit sich führte, der Wirtin, ihn zu verwahren. Dieser gelüstete nach dem Gelde, und sie wurde eins mit ihrem Mann, es zu verleugnen.

Als nun der Landsknecht genesen war und weiterziehen wollte, forderte er sein Geld. Da schrie ihn das Weib an, was er sich denke, was er eigentlich wolle? Sie wisse nichts vom Gelde, habe keins von ihm empfangen und schalt ihn auf das Ärgste. Er nun schalt das Weib wiederum eine untreue Diebin. Indem kam der Wirt hinzu, verteidigte sein Weib und warf den Landsknecht zur Tür hinaus; der Landsknecht zog vom Leder, haute in die Tür und stürmte das Haus. Schreit der Wirt: »Nachbarjo!« – es gab gleich einen ziemlichen Auflauf, der Landsknecht wurde gebunden und auf Nummero Sicher gebracht, darauf Gericht über ihn gehalten und er wegen Haus- und Stadtfriedensbruch zum Schwert »begnadigt«.

Da kam zu dem Gefangenen der Teufel und sagte: »Willst du dich mir ergeben, so errette ich dich, willst du nicht, so kostet dich der Handel den Hals.«

Der Landsknecht war keiner von den übel verschrienen, sondern ehrlich und fromm, und da er sich schuldlos wusste, antwortete er, er wolle lieber zehnmal sterben, als dem Teufel seine Befreiung danken. Da ihm nun der Teufel vergebens die Schmerzen des Todes, den er erleiden sollte, schilderte und jener immer gleich standhaft blieb, sagte der Teufel endlich: »Und ich will dir dennoch helfen, ohne allen Beding und ohne Zusage und Lohn von deiner Seite, damit du siehst, dass der Teufel nicht so schwarz ist, wie ihr ihn malt, und auch uneigennützig sein kann. Verlange daher, wenn du vor das Gericht gefordert wirst, um dein Urteil zu vernehmen, einen Rechtsanwalt, einen Fürsprech, zum Verteidiger. Ich werde in einem blauen Hut in der Nähe stehen mitten unter den andern Advokaten.«

Den Landsknecht dünkte solch höfliches Anerbieten des Teufels nicht gegen Gott zu sein. Er nahm es an, da doch einem jeden sein Hals lieb ist, erbat einen Fürsprech und deutete auf den Herrn mit dem blauen Hut. Der Teufel verneigte sich sittig gegen den Gerichtshof, bat um das Wort, erhielt es und hub an zu sprechen. Er trug den ganzen Handel noch einmal vom Anfang an vor, wie des frommen Landsknechts Vertrauen auf das Schändlichste von der falschen Wirtin getäuscht worden sei, wie der Wirt nicht von ungefähr zu dem Hader gekommen, sondern mit seiner schlechten Frau im Einverständnis gewesen sei und schon im Hinterhalt gelegen habe. Wie ferner der Wirt – der mit seinem Weibe mit anwesend war – den Landsknecht zuerst mit tätlicher körperlicher Misshandlung verletzt und aus dem Hause geworfen habe. Der Landsknecht aber habe niemand angegriffen, sondern mit seinem Schwert bloß einige unerhebliche Ritze in die Haustür gehauen, wozu ihn gerechter Zorn über die gegen ihn begangene Untreue hingerissen.

Nun erhob sich der Wirt und zürnte in ungeschlachter Rede gegen den Teufel: Das seien alles Kniffe, Ränke und Rechtsverdrehungen; man kenne wohl das Sprichwort: Advokaten – Teufelsbraten (Murren auf der linken, Beifall auf der rechten Seite der Zuhörer). Ihn, den Wirt, aber solle gleich der Teufel bei lebendigem Leibe holen, wenn er oder sein Weib je von dem Landsknecht Geld empfangen oder auch nur bei ihm gesehen hätten, und ein weiser hoher Gerichtshof werde sich nicht in seinem nur allzu gerechten Urteile beirren lassen durch einen – hier würde der Teufel noch einen ganzen Sack voll Ehrentitel an den Hals geworfen bekommen haben, wenn der Oberrichter den Wirt nicht zur Ordnung gerufen hätte. Der Fürsprech des Landsknechts lächelte, er neigte sich nochmals vor dem Gericht und bat noch einmal ums Wort:

»Mein Klient«, hub er an, »hat mir seinen Beutel nebst Inhalt beschrieben: Er ist von Wildleder, durch langen Gebrauch unsauber, an der einen Schnur, womit er zugezogen wird, hängt ein Ringlein von Messing. In dem Beutel befinden sich fünfzig und fünf kurfürstlich brandenburgische Taler mit dem Bildnis Joachimi, sechs rheinische Goldgülden, zwanzig Schreckenberger, dreizehn sächsische Gröschlein, ferner eine spanische Doppelkrone mit dem Bildnis Königs Philippi, ein Doppeldukaten Herzog Richards von Bayern, Pfalzgrafen bei Rhein, und außerdem noch zwei Schaustücke, eines mit dem Bilde Kaiser Maximiliani, eines mit dem Caroli quinti, und endlich ein kupferner Schaupfennig, auf dem steht: ›Ehe man brech Treu und Glaub in Not, soll man willig gehn in Tod‹.«

Alle Zuhörer erstaunten über des Fürsprechs treffliches Gedächtnis, am meisten der Landsknecht selbst, denn er hatte dem Teufel von dem Inhalt seines Beutels kein Wort gesagt, kannte so genau gar nicht die Münzen, und konnte die Schriften auf ihnen nicht lesen.

»Will nun ein hoher Gerichtshof«, fuhr der Fürsprech weiter fort, »die Gnade haben und zwei sichere Boten in dieses unschuldigen Wirtes Haus senden, so dürfen diese nur im Hintergebäude hinter dem letzten Schornstein rechter Hand drei Ellen und eine Spanne hoch fühlen, da werden sie die Hände voll Ruß bekommen, und unter diesem Ruß wird der Beutel meines Klienten sich finden lassen.«

Die Wirtin tat einen Schrei, und dem Wirt begannen die Knie zu schloddern, beide wurden kreideweiß und fielen auf ihre Knie nieder. Die Boten gingen, und der Teufel sprach:

»Mit Verlaub, Ihr Herren! Machen wir einmal gegen Eure Gewohnheit kurzen Prozess! Dieser Schacher Geständnis lest Ihr in ihren Armesündermienen – einen musste ich haben, den Gast oder den Wirt – das Weib lasse ich Euch, das ist mir zu gefährlich. Der Wirt hat sich mir verschworen, Ihr alle seid Zeugen!«

Sprach's, packte den Wirt im Nacken, fuhr mit ihm zum Fenster hinaus und führte ihn über den Markt in den Lüften hinweg. Wohin, erfuhr niemand, jeder aber konnte sich's denken.

*Sage aus Thüringen*

# DES TEUFELS RUSSIGER BRUDER

E in abgedankter Soldat hatte nichts zu leben und wusste sich nicht mehr zu helfen. Da ging er hinaus in den Wald, und als er ein Weilchen gegangen war, begegnete ihm ein kleines Männchen, das war aber der Teufel. Das Männchen sagte zu ihm: »Was fehlt dir? Du siehst ja so trübselig aus.«

Da sprach der Soldat: »Ich habe Hunger, aber kein Geld.«

Der Teufel sagte: »Willst du dich bei mir vermieten und mein Knecht sein, so sollst du für dein Lebtag genug haben; sieben Jahre sollst du mir dienen, hernach bist du wieder frei. Aber eins sag ich dir, du darfst dich nicht waschen, nicht kämmen, nicht schnippen, keine Nägel und Haare abschneiden und kein Wasser aus den Augen wischen.«

Der Soldat sprach: »Frisch dran, wenn's nicht anders sein kann«, und ging mit dem Männchen fort, das führte ihn geradewegs in die Hölle hinein. Dann sagte es ihm, was er zu tun hätte: Er müsste das Feuer schüren unter den Kesseln, wo die Höllenbraten drinsäßen, das Haus reinhalten, den Kehrdreck hinter die Türe tragen und überall auf Ordnung sehen; aber guckte er ein einziges Mal in die Kessel hinein, so würde es ihm schlimm ergehen.

Der Soldat sprach: »Es ist gut, ich will's schon besorgen.«

Da ging nun der alte Teufel wieder hinaus auf seine Wanderung, und der Soldat trat seinen Dienst an, legte Feuer zu, kehrte und trug den Kehrdreck hinter die Türe, alles, wie es befohlen war. Wie der alte Teufel wiederkam, sah er nach, ob alles geschehen war, zeigte sich zufrieden und ging zum zweiten Mal fort.

Der Soldat schaute sich nun einmal recht um, da standen die Kessel ringsherum in der Hölle und war ein gewaltiges Feuer darunter, und es kochte und brutzelte darin. Er hätte für sein

Leben gerne hineingeschaut, wenn es ihm der Teufel nicht so streng verboten hätte; schließlich konnte er sich nicht mehr anhalten, hob vom ersten Kessel ein klein bisschen den Deckel auf und guckte hinein. Da sah er seinen ehemaligen Unteroffizier darinsitzen: »Aha, Vogel«, sprach er, »treff ich dich hier? Du hast mich gehabt, jetzt hab ich dich«, ließ geschwind den Deckel fallen, schürte das Feuer und legte noch frisch zu. Danach ging er zum zweiten Kessel, hob ihn auch ein wenig auf und guckte, da saß sein Fähnrich darin: »Aha, Vogel, treff ich dich hier? Du hast mich gehabt, jetzt hab ich dich«, machte den Deckel wieder zu und trug noch einen Klotz herbei, der sollte ihm erst recht heiß machen. Nun wollte er auch sehen, wer im dritten Kessel säße, da war's gar ein General: »Aha, Vogel, treff ich dich hier? Du hast mich gehabt, jetzt hab ich dich«, holte den Blasbalg und ließ das Höllenfeuer recht unter ihm flackern.

Also tat er sieben Jahr seinen Dienst in der Hölle, wusch sich nicht, kämmte sich nicht, schnippte sich nicht, schnitt sich die Nägel und Haare nicht und wischte sich kein Wasser aus den Augen; und die sieben Jahre waren ihm so kurz, dass er meinte, es wäre nur ein halbes Jahr gewesen. Als nun die Zeit vollends herum war, kam der Teufel und sagte: »Nun, Hans, was hast du gemacht?«

»Ich habe das Feuer unter den Kesseln geschürt, ich habe gekehrt und den Kehrdreck hinter die Türe getragen.«

»Aber du hast auch in die Kessel geguckt; dein Glück ist, dass du noch Holz zugelegt hast, sonst war dein Leben verloren; jetzt ist deine Zeit herum, willst du wieder heim?«

»Ja«, sagte der Soldat, »ich wollt auch gern sehen, was mein Vater daheim macht.«

Sprach der Teufel: »Damit du deinen verdienten Lohn kriegst, geh und raffe dir deinen Ranzen voll Kehrdreck und nimm's mit nach Haus. Du sollst auch gehen ungewaschen und ungekämmt, mit langen Haaren am Kopf und Bart, mit ungeschnittenen Nägeln und mit trüben Augen, und wenn du gefragt wirst, woher du kämst, sollst du sagen: ›Aus der Hölle‹, und wenn du gefragt wirst, wer du wärst, sollst du sagen: ›Des Teufels rußiger Bruder, und mein König auch.‹«

Der Soldat schwieg still und tat, was der Teufel sagte, aber er war mit seinem Lohn gar nicht zufrieden.

Sobald er nun wieder oben im Wald war, hob er seinen Ranzen vom Rücken und wollt ihn ausschütten; wie er ihn aber öffnete, so war der Kehrdreck pures Gold geworden. »Das hätte ich mir nicht gedacht«, sprach er, war vergnügt und ging in die Stadt hinein. Vor dem Wirtshaus stand der Wirt, und wie ihn der herankommen sah, erschrak er, weil Hans so entsetzlich aussah, ärger als eine Vogelscheuche.

Er rief ihn an und fragte: »Woher kommst du?«

»Aus der Hölle.«

»Wer bist du?«

»Dem Teufel sein rußiger Bruder, und mein König auch.«

Nun wollte der Wirt ihn nicht einlassen, wie er ihm aber das Gold zeigte, ging er und klinkte selber die Türe auf. Da ließ sich Hans die beste Stube geben und köstlich aufwarten, aß und trank sich satt, wusch sich aber nicht und kämmte sich nicht, wie ihm der Teufel geheißen hatte, und legte sich endlich schlafen. Dem Wirt aber stand der Ranzen voll Gold vor Augen und ließ ihm keine Ruhe, bis er in der Nacht hinschlich und ihn wegstahl.

Wie nun Hans am andern Morgen aufstand, den Wirt bezahlen und weitergehen wollte, da war sein Ranzen weg.

Er fasste sich aber kurz, dachte: »Du bist ohne Schuld unglücklich gewesen«, und kehrte wieder um, geradezu in die Hölle; da klagte er dem alten Teufel seine Not und bat ihn um Hilfe.

Der Teufel sagte: »Setze dich, ich will dich waschen, kämmen, schnippen, die Haare und Nägel schneiden und die Augen auswischen«, und als er mit ihm fertig war, gab er ihm den Ranzen wieder voll Kehrdreck und sprach: »Geh hin und sage dem Wirt, er sollte dir dein Gold wieder herausgeben, sonst wollt ich kommen und ihn abholen, und er sollte an deinem Platz das Feuer schüren.«

Hans ging hinauf und sprach zum Wirt: »Du hast mein Gold gestohlen, gibst du's nicht wieder, so kommst du in die Hölle an meinen Platz und sollst aussehen so greulich wie ich.« Da gab ihm der Wirt das Gold und noch mehr dazu und bat ihn, nur still davon zu sein; und Hans war nun ein reicher Mann.

Hans machte sich auf den Weg heim zu seinem Vater, kaufte sich einen schlechten Linnenkittel auf den Leib, ging herum und machte Musik, denn das hatte er bei dem Teufel in der Hölle gelernt. Es war aber ein alter König im Land, vor dem musst er spielen, und der geriet darüber in solche Freude, dass er dem Hans seine älteste Tochter zur Ehe versprach. Als die aber hörte, dass sie so einen gemeinen Kerl im weißen Kittel heiraten sollte, sprach sie: »Eh ich das tat, wollt ich lieber ins tiefste Wasser gehen.« Da gab ihm der König die jüngste, die wollt's ihrem Vater zuliebe gerne tun; und also bekam des Teufels rußiger Bruder die Königstochter, und als der alte König gestorben war, auch das ganze Reich.

*Märchen der Brüder Grimm*

# DES TEUFELS HILFE

E in armer Bauer brachte einmal Holz aus dem Walde und
blieb in einer Pfütze stecken, so dass er nicht von der Stelle
fortkommen konnte; da trat ein unbekannter Mann zu ihm hin
und sprach: »Ich möchte dir auf einmal aus der Not helfen, wenn
du mir das Neueste, das jetzt in deinem Hause sich findet, zu
geben versprichst; nach zwanzig Jahren erst sollst du mir's aus-
liefern!« Der Bauer dachte an die neuen hölzernen Löffel, die er
vor kurzem gekauft hatte, und versprach ohne weiteres das Verlangte, und sogleich wurde auch ein schriftlicher Vertrag aufgesetzt. Darauf zog der Fremde den Wagen samt den Kühen heraus
und ging fort. Als der Bauer zu Hause ankam, erfuhr er zu seinem
Schrecken, es sei zu der und der Zeit ihm ein Sohn geboren. Er
erkannte jetzt gleich, dass er dem Bösen sein Kind verschrieben
habe; sogleich ging er zu seinem Herrn Pfarrer und gestand ihm
die Sünde. Der tröstete ihn und sprach: »Erzieht nur Euern Sohn
in aller Tugend und Frömmigkeit, so wird ihm der Böse nichts
anhaben können!« Das versprach der Bauer und tat es auch gewis-
senhaft; aber seine Trauer konnte er vor dem Kleinen nicht lange
verbergen. Der bat und fragte immer: »Vater, warum seid Ihr so
traurig?«, und da sagte ihm eines Tages der Alte alles. »Kümmert
Euch nicht, Vater!«, sprach der Knabe, »der Teufel wird mir nichts
tun können; der Herr Pfarrer wird mir schon sagen, wie ich mich
bewahren soll!«

Als der Junge zwanzig Jahre alt war, ging er zum Pfarrer und
fragte ihn um Rat, wie er es mit dem Teufel anfangen solle. Der
Pfarrer sagte, er möge nur immer beten, denn das könne der Teufel nicht ausstehen. Dann machte sich der Junge auf den Weg zur
Hölle, denn er wollte nicht warten, bis ihn der Teufel abhole. Als

*169*

er weit gegangen war, sah er nur einmal einen großen Baum mit goldnen Früchten und darunter einen geharnischten und stark bewaffneten Mann. Anfangs erschrak er; als er aber sah, dass dieser sich nicht rührte, wagte er es, näher zu gehen. Da erzählte ihm der Mann seine Lebensgeschichte: Er sei ein großer Räuber gewesen; dafür nun sei er unter diesen Baum gebannt; jede der goldnen Früchte sei eine von seinen Todsünden; unter dem Baume aber seien die großen Schätze, die er durch Raub und Mord sich erworben habe; nun müsse er da so lange Wache stehen und könne so lange nicht sterben, bis ein reiner und unschuldiger Jüngling von zwanzig Jahren für seine Seele gebetet habe. »Bist du der, so bete für mich, und wenn ich nicht mehr bin, so hebe von dieser Stelle die großen Schätze, die dann vom Fluche frei sind!« Der Bauernjunge versprach das alles zu tun mit willigem Herzen und wanderte weiter und gelangte endlich in die Hölle. Da fing er an zu beten und ging so betend in die Teufelswerkstätte. Als die Teufel das Gebet hörten, flohen alle davon, und wie der Junge ihnen näher kam, zogen sie sich in den hintersten Winkel der Hölle zurück, aber auch hier fühlten sie sich nicht mehr sicher. Da hielten sie einen Rat und fragten untereinander, wer der gefährliche Fromme wohl sein könne und was sie weiter tun sollten. Indem fiel einem alten Teufel der Kontrakt ein, den er vor zwanzig Jahren mit dem Bauer geschlossen, und er sprach: »Der Fremde ist kein anderer als ein dummer Bauernjunge, den ich seinem Vater vor zwanzig Jahren abbetrogen hatte; leider habe ich seitdem nicht mehr daran gedacht, und so ist derselbe in der Kraft Gottes aufgewachsen; allein wartet, ich werde ihn uns gleich vom Halse schaffen!« Damit nahm sich der alte Teufel ein Herz und ging dem Jungen entgegen, warf ihm den Kontrakt zu und sprach: »Du kannst damit gleich nach Hause gehen; ich schenke dich deinem Vater!« Das ließ sich der Junge nicht zweimal sagen, denn ihn hatte ein Graus überkommen, als er die vielen Marterwerkzeuge, die

Zangen und Kessel voll siedenden Öles und das höllische Feuer gesehen und das Ächzen und Zähneklappern der Verdammten gehört hatte. Er nahm schnell den Kontrakt und kehrte zurück; die Teufel aber freuten sich, als sie seiner los waren.

Als der Junge betend an den großen Baum zurückkam, sank der nur einmal zusammen, und der geharnischte Mann fiel zu Boden, und er sah an ihrer Stelle zwei Aschenhaufen! Er grub nun nach, wie ihm der Mann gesagt hatte, und fand die großen Schätze. Damit zog er heim; seine Eltern freuten sich sehr, wie sie ihn wiedersahen. Von den Schätzen gab er einen Teil dem Herrn Pfarrer zum Danke für die guten Lehren und einen andern schenkte er der Kirche; nur den dritten Teil behielt er für sich und seine Eltern. Aber er war doch ein steinreicher Mann, und das Vermögen vergrößerte sich immer mehr und vererbte sich fort auf Kinder und Kindeskinder, denn die waren auch alle redliche und gottesfürchtige Menschen.

*Märchen aus Siebenbürgen*

# Der Teufel als Schwager

Einst kam ein Handwerksbursche in eine Herberge. Er war vom Wandern so müde geworden, dass er sich sagte:
»Nun will ich ein paar Tage ausruhen, bevor ich wieder weiterziehe.«

Dafür reichte aber sein Geld nicht aus. Und als der Wirt eines Abends zu ihm aufs Zimmer kam und sagte, es wäre nun wohl Zeit für die Weiterreise, und die Rechnung vorlegen wollte, wurde es dem Handwerksburschen heiß, und er bat:
»Warte doch bitte mit der Rechnung wenigstens noch bis morgen.«

Damit war der Wirt einverstanden, sagte aber noch, bei ihnen warte auf alle, die mehr essen und trinken, als sie zahlen könnten, der finstere Turm.

Als der Wirt gegangen war, legte sich der Handwerksbursche aufs Bett. Er konnte vor Angst nicht einschlafen. Da trat auf einmal eine schwarze Gestalt an sein Bett. Kein Zweifel, das war der Teufel. Der sagte zum Handwerksburschen: »Keine Angst! Brätst du mir die Wurst, lösch ich dir den Durst; tust du mir einen kleinen Dienst, so reiß ich dich aus der Klemme.«

»Das wäre?«, fragte der Wanderbursche.

»Nur dies«, sagte der Teufel, »du bleibst sieben Jahre in diesem Wirtshaus, und du wirst nie zu wenig Geld haben, und danach soll es dir besser gehen; ich mache nur eine Bedingung: Du darfst dich in den sieben Jahren nie waschen, darfst dir kein Haar und keine Nägel schneiden, und du darfst dich nie kämmen.«

»Da ist ein Dienst den andern wert«, dachte der Handwerksbursche und schloss mit dem Teufel den Vertrag ab.

Als der Wirt am andern Morgen wieder dastand, bezahlte ihm

der Bursche die Rechnung bis auf den letzten Rappen und gab ihm dann noch einen rechten Betrag dazu – für die nächste Zeit. Und der Handwerksbursche blieb in der Herberge – Jahr um Jahr – und ließ Geld draufgehen wie Sand am Meer. Aber er wurde dabei alle Tage hässlicher und hässlicher, so dass ihn niemand mehr anschauen wollte.

Der Herberge gegenüber wohnte ein Kaufmann. Der hatte drei bildschöne Töchter. Weil er sich bei seinen Geschäften verrechnet hatte, war er in Geldnot geraten. Eines Tages kam der Kaufmann zum Wirt und klagte ihm seine Not.

Da sagte der Wirt: »Nachbar, ich glaube, dir kann geholfen werden; in meinem Fremdenzimmer wohnt einer, der ist schon mehr als sechs Jahre da und lässt wachsen, was wächst, und sieht aus wie die Sünde, aber Geld hat er wie Heu und kann sich alles leisten. Ich habe auch gesehen, wie er zu deinen Töchtern hinüberschielt; mit dem ließe sich gewiss etwas machen. Wenn ich du wäre, ginge ich einmal zu ihm hinauf.«

Dies leuchtete dem Kaufmann ein. Er stieg hinauf zum Handwerksburschen, und es dauerte nicht lange, bis sie eine Vereinbarung getroffen hatten: Der Handwerksbursche hatte dem Kaufmann aus der Geldnot zu helfen, und der Kaufmann musste ihm dafür eine seiner Töchter zur Frau geben. Aber als der Kaufmann mit dem Handwerksburschen zu den Töchtern kam, sagte die erste: »Pfui, Vater, was bringst du da für einen! Eher gehe ich ins Wasser, als dass ich den heirate!«, und sie rannte davon.

Und die Zweite sagte: »Eher erhänge ich mich, als dass ich den heirate!«, und sie rannte auch davon.

Doch die Jüngste sagte: »Vater, ich heirate ihn; einer, der dir helfen will, kann doch nicht so ein schlechter Mensch sein.«

Während der ganzen Zeit schaute sie nie auf und sah den Handwerksburschen nicht an. Aber sie gefiel ihm sehr, und sogleich wurde der Hochzeitstag festgelegt.

Da waren aber gerade die sieben Jahre um. Am Hochzeitstag hielt eine Kutsche vor dem Haus des Kaufmanns, die blitzte nur so von Gold und Edelsteinen, und heraus stieg der Handwerksbursche. Der war nun ein schöner, junger reicher Mann. Der jüngsten Kaufmannstochter fiel ein Stein vom Herzen, und alles freute sich. In langem Zuge ging man zur Kirche; der Kaufmann und der Wirt hatten alle Verwandten und Bekannten eingeladen.

Nur die beiden Schwestern der Braut waren nicht dabei.

Die hatten sich vor Ärger das Leben genommen, die eine im Wasser und die andere am Nagel. Als aber der Bräutigam aus der Kirche kam, sah er zum ersten Mal seit sieben Jahren den Teufel wieder. Der saß auf dem Dach und lachte zufrieden herunter:

»Weisch, min Schwooger,
so cha's choo:
Du hasch eini,
und ich ha zwoo!«

*Märchen aus der Innerschweiz*

# DES SCHWARZENBERGERS BEKEHRUNG

Auf die schöne Tochter seines Bauern vom Wahlhof hatte der Ritter von Schwarzenberg sein lüsternes Auge geworfen. Er verlangte sie in seinen Dienst; aber ihr Vater ließ sie nicht dahin, obgleich er die Härte seines Herrn kannte. Da drohte ihm der Ritter, ihn vom Hofgut zu jagen, wenn er nicht dessen größten und vollsten Kirschbaum fällen und, die Pferde an die Krone gespannt, auf das Schwarzenberger Schloss schleifen würde, ohne eine einzige all der reifen Kirschen zu verletzen. Ohne Hoffnung, dies zu vollführen, ging der Bauer zu dem Baume, wo ein grüner Jäger zu ihm kam und ihn fragte, warum er so betrübt sei. Nachdem er die Ursache erfahren, versprach er, ihm zu helfen. Stracks hieb er den Baum aufs Geschickteste um, rief aus dem Wald drei Kohlrappen herbei und trieb sie dann in Begleitung des Bauern nach dem hoch und steil gelegenen Bergschloss.

Als der Schwarzenberger sie dort ankommen und keine einzige Kirsche verletzt sah, war er höchlich erstaunt; der grüne Jäger aber sprach zu ihm: »Weißt du, wer den Kirschbaum hierher gezogen hat? Der erste Rappe ist dein Vater, der zweite dein Großvater und der dritte dein Urgroßvater, welche die Bedrückung ihrer Untertanen jetzt in der Hölle büßen, und dir geht es einst ebenso, wenn du nicht von deinen Sünden ablassest.« Da ergriff den Ritter die Furcht des Herrn, er tat Buße und führte fortan ein gottgefälliges Leben.

*Sage aus Baden*

# DER TEUFEL UND DER DRESCHER

E s war einmal ein Edelmann, der war geizig und drückte seine Leute, wo er konnte, tat aber immer, als habe er nur ihr Bestes im Auge und handle nicht anders, als wie er könne. Dieser Edelmann hatte nun unter seinen Leuten einen Knecht, der ihm viele Jahre treu und ehrlich gedient hatte. Mit der Zeit war er aber alt und schwach geworden, dass er zwar noch beim Pflügen und Eggen die Ochsen antreiben konnte, jedoch beim Dreschen nichts Rechtes mehr vor sich zu bringen vermochte. In der Dreschzeit brach liegen, heißt aber bei einem armen Tagelöhner so viel, als den ganzen Winter Hunger leiden. Darum bat er rechtzeitig den Herrn, als er mit den andern Knechten die Wintersaat untereggte, er möge ihn doch von dem Dreschen um seines Alters willen nicht ausschließen.

»Ich will dir nicht im Wege sein!«, antwortete der Edelmann katzenfreundlich. »Wenn die übrigen Knechte dich als Macher haben wollen, so magst du dreschen, so viel und so lange du willst.«

Die andern Leute aber waren allesamt verheiratet und mussten für Frau und Kinder sorgen und daher den Dreier dreimal umdrehen, ehe sie ihn aus der Hand gaben. Sie sahen darum bei den Worten des Herrn einander verlegen an, und als der Edelmann sie einzeln fragte: »Willst du des alten Vaters Macher beim Dreschen sein?«, überlegten sie, dass sie dann nicht genug ausdreschen könnten, und der Reihe nach sprachen sie: »Nein, ich will nicht!«

»Da hast du's«, rief der Herr, »ich bin's nicht, der dich ins Elend jagt, deine eigenen Kameraden lassen dich im Stich.«

Der alte Mann kratzte sich betrübt hinter den Ohren; endlich fasste er sich Mut und sprach: »Wenn ich nun einen Macher finde, darf ich ihn dann auf den Hof bringen und mit ihm an die Arbeit gehen?« Dagegen konnte der Edelmann nichts einwenden, und der Knecht wankte vom Hofe, einen Macher zu suchen.

Als er im Walde war, begegnete ihm ein steinaltes Männchen, das fragte ihn: »Woher und wohin?«

»Ich komme vom Edelmannshof und suche einen Macher zum Dreschen«, erhielt er zur Antwort. »Da bist du an den Rechten geraten«, versetzte das Graumännlein, »ich bin ebenfalls auf der Suche nach einem Macher.«

»Allrichtig«, sagte der Knecht, »dann gehören wir zusammen. Viel wird's freilich nicht werden, denn du bist ja noch staksiger wie ich; aber besser etwas als gar nichts.«

»Worauf drescht ihr denn?«, fragte der Graumann weiter. »Bei Roggen und Weizen den dreizehnten«, erwiderte der Knecht, »beim Hafer dagegen bekommen wir den vierzehnten Scheffel.« »Darauf gehe ich nicht ein!«, meinte der Graumann. »Wenn ich die Woche gedroschen habe, will ich nicht mehr und nicht weniger haben, als was ich am Samstagabend mit einem Male auf meinem Buckel zum Tore hinausschaffen kann.«

»Das wäre ein schlechtes Geschäft!«, meinte der Knecht. Da aber der Graumann auf seinem Willen bestand, fürchtete er, am Ende seinen Macher zu verlieren und gar nichts zu bekommen; er gab also knurrend klein bei und schritt mit dem Graumännlein dem Gutshofe zu.

Als der Edelmann das gebrechliche Paar sah, lachte er, dass ihm der Leib wackelte. »Herr«, hub der Knecht an, »hier ist mein Macher!«

»Könnt Ihr denn auch die Dreschflegel heben, oder soll ich Euch einen Jungen geben, der sie Euch in die Höhe bringt?«, fragte der Edelmann. »Ach, es wird wohl auch noch ohne den Jungen gehen«, meinte das Graumännchen und tat dabei so krank und gebrechlich, als stehe Jan Kräuger aus Philippsgrün, das ist der Tod, ihm schon zur Seite, um ihn mit sich zu nehmen. »Und was soll euer Lohn sein?«, fragte der Edelmann.

»Was mein Macher am Samstagabend auf seinem Rücken mit einem Male zum Tore hinaustragen kann«, antwortete der Knecht.

»Abgemacht!«, rief der Herr, »und am kommenden Montag macht ihr euch an die Arbeit. Ihr mögt immerhin eine Woche früher anfangen als die übrigen Knechte, eine Mandel Garben werdet ihr inzwischen wohl ausgedroschen kriegen.«

Am Montagmorgen gingen die beiden in aller Frühe in die Scheune, die zur Rechten und zur Linken mit reifen Garben bis an das Dach gefüllt war und in der Mitte einen großen Längsflur offen ließ. »Womit wollen wir beginnen?«, fragte das Graumännchen.

»Ich dachte mit dem Roggen«, gab der Knecht zurück. »Meinetwegen, dann steig du ins Fach und wirf mir die Garben herunter!«, sprach das Männlein. Und der Knecht warf Garben über Garben auf die Scheunenflur hinab, bis der Knecht glaubte, jetzt sei es für die ganze Woche genug.

»Warum hältst du denn an?«, fragte da aber das Graumännlein; und als der Knecht verwundert hinabsah, hatte das Männlein schon alle Garben ausgedroschen, und Stroh, Korn und Spreu lagen, fein säuberlich geschieden, wie's sich gehört, ein jedes an seinem Ort.

Der Knecht erschrak, dass er am ganzen Leib zitterte, denn er erkannte, dass er den Teufel als Macher ausgesucht hatte; doch jener ließ ihm zum langen Besinnen nicht Zeit, der Alte musste immerfort neue Garben herabwerfen, und ehe die Sonne untergegangen war, hatte der Roggen im Fach sein Ende genommen, der Graumann die letzte Garbe gedroschen. Am nächsten Tag kam der Weizen an die Reihe, am Mittwoch die Gerste, den Donnerstag und Freitag droschen sie Hafer und Buchweizen, und am

Sonnabendvormittag Kiewer, Wicken und Rübsen, und damit war alles ausgedroschen, was in der großen Scheune vorhanden war. Zu guter Letzt musste der Knecht alle Säcke herbeischaffen, die auf dem Gutshof aufzutreiben waren, und der Teufel schüttete Roggen, Weizen, Gerste, Hafer, Buchweizen, Kiewer, Wicken und Rübsen schnell hinein, so dass die Säcke in demselben Augenblick, da sie ihm von dem Knechte gereicht wurden, auch schon gefüllt waren.

Um sechs Uhr, als Feierabend gemacht wurde, trat der Edelmann in die Scheune, um nach dem gebrechlichen Paar zu schauen. Aber wie erstaunte er, als er die Arbeit, daran ein Dutzend starker Leute ein Vierteljahr genug zu schaffen gehabt hätten, fix und fertig zu Ende geführt sah. Er freute sich und lächelte, lobte die beiden und sprach: »Ihr habt wacker gearbeitet, liebe Leute, nun wollen wir gleich die andern Knechte zusammenrufen und das Korn auf den Boden schaffen.«

»Nein, so war es nicht abgemacht«, rief das Graumännchen mit starker Stimme, »zuvor nehme ich erst auf meinen Rücken, was ich mit einem Gange zum Tore hinausschaffen kann!« Damit ergriff er einen Sack nach dem anderen und warf ihn auf seinen Buckel; und als er den letzten hinaufgeworfen hatte, ragten die Säcke wie ein Kirchturm in die Luft, und es war ein Himp-hamp von dem Männlein gefertigt, wie noch keiner gesehen ist, seit die Welt steht.

Dem Edelmann wurde schwarz vor den Augen, als er das sah, seine Knie bebten und schlackerten, und seine Stimme zitterte vor Wut, als er den Knechten zurief: »Löst den Bullen von der Kette!« Der Bulle war nämlich weit und breit als ein wütendes Tier bekannt und hatte schon manchen armen Schlucker auf seine Hörner genommen. Jetzt sollte er dem Graumännchen zu Leibe gehen oder doch wenigstens gegen den Himp-hamp rennen, damit die lange Reihe der Säcke durchstoßen würde und das

*179*

Getreide dem Gutsherren verbliebe. Kaum aber hatte sich das böse Tier mit seinem Gehörn dem Männlein genähert, so lachte dasselbe laut auf: »Der Edelmann hat recht, zu dem vielen Korn müssen wir auch Fleisch haben!« Dann ergriff er den Bullen bei den Hörnern und warf ihn in die Höhe, dass er auf den letzten Sack zu liegen kam und alle viere in die Luft streckte.

Jetzt stieg dem Herrn der weiße Schaum vor den Mund, und er rief die gotteslästerlichen Worte: »Hat mir der Teufel Hab und Gut genommen, so mag er auch mit Leib und Seele zur Hölle fahren!« Darauf hatte der Teufel nur gewartet, denn jetzt hatte er Anteil an dem habgierigen Leuteschinder; schnell ließ er den Himp-hamp fallen, drehte dem Edelmann das Genick um und flog mit ihm auf und davon der Hölle zu.

Der arme alte Knecht aber bekam die ganze Ernte und den Bullen obendrein und ward ein wohlhabender Mann; und wenn er nicht gestorben ist, so lebt er heute noch.

*Märchen aus Pommern und Rügen*

# NACHWORT

Wer hat Angst vorm schwarzen Mann? Natürlich niemand. Denn wer möchte schon zugeben, dass er heute noch an die Existenz von bösen Geistern oder Dämonen glaubt oder sie auch nur für möglich hält? Der Teufelsglaube, der die Menschen in Europa vom Mittelalter bis zur frühen Neuzeit beherrschte, scheint seit langem überwunden. Dennoch übt die Gestalt des Teufels noch immer eine eigenartige Faszination aus. In den verschiedenen Gattungen der Volkserzählung, in Sagen, Legenden, Märchen und Schwänken, aber auch in Fassnachtsspielen und im Kasperletheater, hat der Teufel von der Antike bis auf den heutigen Tag weitergelebt. Und in der modernen phantastischen Literatur, zumal in den Horror- und Fantasyfilmen und -romanen, aber auch in der Bildenden Kunst, lässt sich seit Beginn der achtziger Jahre sogar eine Wiederkehr des Teufels beobachten.

Der Verstand sagt uns zwar, und wir finden es in jedem modernen Lexikon bestätigt, dass der Teufel kein wirkliches Wesen, sondern eine imaginäre Gestalt ist. Aber offenbar hängen wir noch immer an der Vorstellung vom Teufel als dem personifizierten Bösen. Offenbar brauchen wir ein solches Wesen, das wir für das Unheil in der Welt und für das uns selbst widerfahrende Unglück, für das wir keine Erklärung finden, verantwortlich machen können und auf das wir unsere inneren Ängste, vielleicht auch unsere geheimen Wünsche projizieren können. Und weil er nicht leibhaftig existiert, sondern psychogener Natur ist, lässt sich der Teufel einfach nicht umbringen.

Der Glaube an ein dämonisches Wesen, das die Macht des Bösen personifiziert, findet sich, wie in fast allen Religionen, auch im Christentum, hat sich aber im Verlauf seiner Geschichte stark verändert, wenn nicht völlig verkehrt. Im Alten Testament ist der Teufel oder Satan keine Gott entgegengesetzte Gestalt, sondern sein Diener oder Werkzeug, mit dem Gott den Menschen auf die Probe stellt wie in der Geschichte vom Sündenfall oder von Hiob. Satan wird auch mit dem Engel Luzifer gleichgesetzt, der sich gegen Gott aufgelehnt hat und deshalb vom Himmel gefallen ist. Im Neuen Testament ist der Teufel zum Widersacher Gottes geworden. Er ist der oberste der bösen Geister und der Herr der Welt. Seine Macht ist zwar durch Christus gebrochen, so dass die Gläubigen ihm widerstehen können, seine endgültige Vernichtung geschieht aber erst am Weltende.

Bei den Kirchenvätern, so bei Augustin, findet sich noch der Gedanke, dass der Teufel wie alle Engel auch das Gute in sich trägt. Origines vertritt sogar die Lehre von der endgültigen Erlösung und Errettung des Teufels, die er mit seiner Fähigkeit zur Reue begründet.

Im Mittelalter breitete sich dann immer stärker die in östlichen Religionen, besonders in der Lehre Zoroasters, ausgeprägte Vorstellung von einem Träger der bösen Macht, der dem Geist des Guten entgegengesetzt ist, im Christentum aus. Dieser dem frühen Christentum fremde Dualismus ist die Grundlage für den Satanskult, der damals angeblich in die Sekten der Katharer und Albingenser eindrang und möglicherweise auch auf den Templerorden übergriff. Er ist aber ebenso die Grundlage für die Teufelsaustreibung und die Hexenverfolgung im späten Mittelalter, mit der die Kirche den früher von ihr verbotenen Dämonen- und Hexenglauben selbst übernahm.

Im Zuge der Inquisition baute die Kirche die Vorstellung vom Teufel zu einer umfassenden Dämonologie oder Satanologie aus. An die Stelle des Teufels trat eine ganze Hierarchie von Dämonen mit Beelzebub, dem König der Teufel, an ihrer Spitze. Hatte man sich vor Christus weder von Gott noch vom Teufel ein Bild gemacht und hatte man den Teufel in frühmittelalterlichen Bildern als einen nackten, dunkelhäutigen Menschen mit Flügeln dargestellt, so verwandelte man ihn nun in ein dem Menschen entrücktes dämonisches Wesen. Man schuf eine Zwittergestalt aus Mensch und Tier mit Pferde- oder Bocksfüßen und Hörnern, Schwanz, zottiger Behaarung und einem fratzenhaften Gesicht, alles Attribute, die ursprünglich dem griechischen Hirtengott Pan und den Satyrn sowie dem germanischen Gott Loki beigegeben waren, womit man zugleich diese vorchristlichen Gottheiten im wahrsten Sinn des Wortes verteufelte. Theologen wie Thomas von Aquin schrieben ihre Ansichten über Eigenschaften, Attribute und Handlungen der Dämonen in Form von Lehrmeinungen auf, die dann bei den Hexenprozessen als Gesetze angewandt wurden. So benutzte die Kirche die Vorstellung vom Teufel als dem Herrn dieser Welt, um ihre eigene weltliche Herrschaft zu befestigen. Umgekehrt kam im Satanskult der von der Kirche verfolgten Sekten immer auch sozialer Protest zum Ausdruck.

Seit der Aufklärung ist der Glaube an die Macht des Teufels stark zurückgegangen, auch wenn es in der katholischen und der evangelischen Kirche immer noch Theologen gibt, für die eine Theologie ohne Satanologie nicht denkbar ist.

In der Literatur des 19. Jahrhunderts hat die Gestalt des Teufels eine Umwertung erfahren. In Goethes »Faust« ist Mephisto eine Kraft, »die stets das Böse will und stets das Gute schafft«. So vermag Faust dank seiner Wette mit dem Teufel Übermenschliches zu leisten und ihm deshalb zu entkommen, während Kaspar in Webers Oper »Freischütz« traditionsgemäß vom Teufel geholt wird. Bei Byron erscheint der Teufel als Freund des Menschen und Anwalt der Gerechtigkeit, bei Strindberg, Shaw und anderen sogar als Lichtbringer und Erlöser der Menschheit.

In den Volksmärchen hat die bewegte Geschichte vom Glauben an die Macht des Teufels eine Vielzahl von Spuren hinterlassen. Während sie die Hexe in den bekannten Märchen fast immer als alt, hässlich und böse darstellen, ist ihr Bild vom Teufel erstaunlich vielseitig. Der Märchenteufel ist eine ebenso zwielichtige wie farbenprächtige, also im doppelten Sinn des Wortes eine schillernde Figur.

In vielen Volksmärchen und -sagen erscheint er als »Herr im Jägergewand« oder als »Mann im grünen Hut«. Er verwandelt sich einmal in einen reichen Edelmann, ein andermal in einen armen Lumpensammler, manchmal auch in ein Tier. Begegnet er einem entlassenen Knecht oder Soldaten als ein altes Männlein, so tritt er einer jungen Frau gern als ein schöner Jüngling oder als ein prächtiger Prinz entgegen. In manchen Märchen tritt der Teufel sogar in der Schönheit und strahlenden Leuchtkraft des Engels auf. Manchmal verrät er sich durch seinen Pferdefuß oder er verwandelt sich in seine teuflische Gestalt zurück, um mit oder ohne Beute in die Hölle zu fahren, wobei er Rauch und Gestank zurücklässt.

Als Gegenspieler Gottes verfügt der Teufel über ähnliche übermenschliche Fähigkeiten. Er kann fliegen, sich verwandeln oder unsichtbar machen und alle Naturgesetze durchbrechen. Genauso wie der Name Gottes soll auch der Name des Teufels nicht genannt werden. Deshalb wird der Teufel in vielen Märchen umschrieben als der »Leibhaftige«, der »Schwarze«, der »Grüne«, der »Rote«, der »Gott-sei-bei-uns« oder der »Gangerl«. Wenn jemand, und sei es auch nur aus Versehen oder im Scherz, den Teufel ruft, so kommt er, wenn jemand etwas zum Teufel wünscht oder dem Teufel verspricht, so holt er es sich.

Der Teufel agiert im Märchen in den verschiedensten Rollen, nicht nur als übermächtiger Gegner, der es auf die Seele des Helden oder der Heldin abgesehen hat, sondern auch als Vertragspartner, mit dem der Held einen Kontrakt abschließt, und schließlich sogar als Ratgeber, Helfer und Anwalt. Er löst bei den anderen Figuren wie beim Erzähler und den Zuhörern oder Lesern die unterschiedlichsten Reaktionen aus: Zunächst wirkt er furchterregend, dann aber, wenn er vom Helden hereingelegt wurde, komisch und lächerlich, und manchmal erweckt er sogar, wenn er nicht nur überlistet, sondern obendrein gezüchtigt wurde, unser Mitleid.

Aber nicht nur übermenschliche dämonische Wesen, auch allzu menschliche Verhaltensweisen können wir in den Teufelsmärchen kennenlernen. So zeigen uns die Märchen, warum sich Menschen mit dem Teufel einlassen. Da werden Männer geschildert, die unverschuldet in Not geraten sind, wie ein armer Mann mit einem Dutzend Kindern, ein stellenloser Handwerksbursch, ein abgedankter Soldat oder einer, der um sein Erbe betrogen wurde. Diese suchen durch einen Pakt mit dem Teufel, also mit unerlaubten Mitteln oder auf ungesetzliche Weise, ihre Lage zu verbessern, besondere Fähigkeiten zu erlangen oder zu Macht und Reichtum zu gelangen. Oder es werden Frauen gezeigt, mit denen keiner tanzen will oder denen die gewöhnlichen Freier nicht gut genug sind und die deshalb der Werbung eines Fremden, hinter dem sich der Teufel verbirgt, nachgeben.

Dies muss aber teuer bezahlt werden, denn am Ende, wenn die vereinbarte Frist abgelaufen ist, erscheint der Teufel, um den Teufelsbündner oder die Teufelsbraut in sein höllisches Reich zu entführen. Nur durch List oder Betrug kann ein Pakt rückgängig gemacht, kann der Teufel überwunden werden. In den Legendenmärchen greift häufig eine überirdische Gestalt ein wie die Jungfrau Maria oder der heilige Petrus, um den Heiden den Klauen des Teufels zu entreißen.

Dieses Buch soll das bunte Spektrum der Teufelsbilder, das im Volksmärchen erscheint, deutlich machen. Deshalb wurde es in drei Kapitel unterteilt:

## Der überlistete Teufel

Die Märchen vom überlisteten Teufel haben oft schwankhafte Züge. Die Helden oder Heldinnen setzen gegen die Eitelkeit und Dummheit des Teufels ihre Klugheit ein. Sie stellen dem Teufel eine Falle, belauschen ihn heimlich oder täuschen ihm durch Tricks oder bloße Angeberei vor, dass sie noch stärkere Zauberkräfte besäßen, also noch teuflischer wären als er selbst. Der Teufel nimmt hier die Stelle des Riesen ein, der in alten Märchen und Mythen die Rolle des überlisteten Tölpels spielt.

Beim Wettstreit mit dem Teufel geht es dem Helden meist darum, seine Seele, die er dem Teufel per Vertrag gegen Gold, eine Zaubergeige oder irgendeine Zauberkraft abgetreten hat, vor der ewigen Verdammnis zu retten. Für diesen frommen Zweck ist aufseiten des Helden jedes Mittel, ob Lug, Trug oder Trick, geheiligt. Manchmal kommt dem Teufelsbündner die kluge Ehefrau oder der jüngste Sohn zuhilfe. In einigen Märchen wird der arme Teufel nicht nur besiegt und um seinen Anteil geprellt, sondern obendrein mit einem Schmiedehammer »plattgemacht«. Er flieht zurück in die Hölle und verhindert, dass der Held nach seinem Tod dort Einlass findet.

Die Märchen aus dem Motivkreis um den überlisteten Teufel, die sehr häufig sind, waren vermutlich für viele Menschen eine Hilfe, um die Angst und das Grauen vor dem Teufel zu überwinden. Es macht natürlich Mut und obendrein Vergnügen, in den Märchen zu erleben, wie der Teufel oder eine andere übermächtige Gestalt durch Klugheit und Beherztheit überwunden und lächerlich gemacht wird.

## Der dämonische Teufel

Ein anderes Bild des Teufels führt das Kapitel vom dämonischen Teufel vor. Hier zeigt er sich in seiner ganzen Furcht und Schrecken verbreitenden Bedrohlichkeit. Weil der Held hier anders als in den Schwankmärchen des ersten Kapitels an die dämonische Macht des Teufels glaubt, versucht er nicht, ihn durch eine List oder einen Trick hereinzulegen, sondern wendet selbst magische

Kräfte gegen ihn an. Er schlägt ein Kreuzzeichen und betet ein Vaterunser oder verwandelt, als er auch damit nichts mehr ausrichtet, die Teufel durch Zauberworte, die er von einem Magier gelernt hat, in Ungeziefer. Oder er vertraut sich einem Zauberer an, der den Teufel mit Zauberrunen herbeiruft und durch die Anrufung keltischer Götter besiegt. Von den übermächtigen Gegnern, die dem Helden oder der Heldin auf ihrem Weg zum Glück entgegentreten, wie Riese, Menschenfresser, Hexe und Drache, ist der Teufel zweifellos der gefährlichste. Im Zaubermärchen erscheint die Begegnung mit dem Teufel zunächst als ein drohendes Unglück, erweist sich aber als der Wendepunkt zum Glück. Manche Märchen haben allerdings einen negativen Schluss und nähern sich damit der Sage. So wird die Ehefrau, die sich mit dem Teufel eingelassen hat, am Schluss von ihm geholt. Einige Geschichten zeigen, dass manche Menschen, in den Märchen ist dies meist eine Frau, noch »klüger«, und das bedeutet zugleich noch schlimmer und durchtriebener, sind als der Teufel.

## Der hilfreiche Teufel

Wohltuend im Kontrast zu diesen Schreckensmärchen und nicht weniger unterhaltsam sind die Märchen, die vom Teufel als einem hilfreichen Wesen erzählen. Der Teufel, manchmal auch seine Großmutter oder seine Tochter, kommt einem armen Mann, Handwerksburschen, Knecht oder abgedankten Soldaten zu Hilfe und erhält dafür statt dessen eigener Seele die des hartherzigen Reichen, des betrügerischen Wirts oder seiner zwei neidischen Schwägerinnen zum Lohn:

> »Weisch, min Schwooger,
> so cha's choo:
> Du hasch eini,
> und ich ha zwoo!«

187

Dies sind immer auch Texte mit deutlicher Sozialkritik. Der Teufel stellt sich als Helfer stets auf die Seite der Armen, Entrechteten und Verfolgten. Diese Märchen verweisen auf die Sektenströmungen des Mittelalters zurück, die vom Erlösungsgedanken des Kirchenvaters Origines beeinflusst waren: Die Herrschaft des Teufels auf der Erde liegt im Plan Gottes. Doch am Ende aller Tage wird der Teufel erlöst als Luzifer, als »Lichtträger«, ins himmlische Paradies zurückkehren.

In diesen Band wurden weitgehend unbekannte Märchen aus ganz Europa aufgenommen. Einige Texte wurden eigens aus dem Russischen, Französischen und Englischen übersetzt.

*Januar 2011*
*Sigrid Früh*
*Wilhelm Solms*

# QUELLENVERZEICHNIS

## Der überlistete Teufel

*Katja und der Teufel*
Joseph Wenzig: Westslawischer Märchenschatz, Leipzig 1857.

*Der Grabhügel*
Kinder- und Hausmärchen der Brüder Grimm, Ausgabe letzter Hand,
Göttingen 1857.

*Der Stöpselwirt*
Christian Schneller: Märchen und Sagen aus Wälschtirol, Innsbruck 1867.

*Die neun Fragen des Teufels*
Karl Rauch: Märchen der europäischen Völker, Hamburg 1964.

*Von der Königstochter, die dem Teufel verfallen war*
Viktor von Geramb: Kinder- und Hausmärchen aus der Steiermark,
Graz 1941.

*Der Teufel im Fasshahnen*
Arthur und Albert Schott: Walachische mährchen [sic!], Stuttgart 1845.

*Der Soldat und der Teufel*
Harry Jannsen: Märchen und Sagen des estnischen Volkes, Dorpat 1881.

*Wie Mabik seinen Vater vom Teufel erlöste*
François-Marie Luzel: Veillées bretonnes, Paris 1879;
übersetzt aus dem Französischen von Marlies Hörger.

*Der Teufel fängt sich selbst*
Hans Friedrich Blunck: Märchen und Sagen, Hamburg o. J.

*Hein Oi und der Teufel*
Hans Friedrich Blunck, Märchen und Sagen, Hamburg o. J.

*Der Teufelsbanner*
Fritz Peters: Aus Lothringen. Sagen und Märchen, Leipzig 1887;
gekürzt und dem heutigen Sprachgebrauch behutsam angepasst.

*Die Rückkehr des Herrn*
Jean-François Bladé: Contes populaires de la Gascogne, Paris 1886;
übersetzt aus dem Französischen von Marlies Hörger.

*Der Höllenhund*
Angelika Merkelbach-Pinck: Volkserzählungen aus Lothringen,
Münster 1967; übersetzt 1991 aus dem Dialekt ins Schriftdeutsche
von Sigrid Früh.

*Der arme Rom und der Teufel*
Märchen der Roma aus dem Burgenland, erzählt 1969 von Johann ›Kalitsch‹
Horvath. Der Rom und der Teufel. O rom taj o beng, Klagenfurt 2000.

*Wie der Zigeuner den Teufel überlistete*
Friedrich Salomon Krauss: Zigeunerhumor. 250 Schnurren, Schwänke
und Märchen, Leipzig 1907.

*Wie die Unseren den Teufeln aufspielten*
Nach der mündlichen Erzählung von Helena Demetrova in München
1994, aufgezeichnet und übersetzt aus dem Slowakischen von Wolfgang
von Janecek.

# Der dämonische Teufel

*Die Prinzessin, die nur den allerschönsten Prinzen heiraten wollte*
Hans Stumme: Maltesische Märchen, Gedichte, Rätsel, Leipzig 1904.

*John Gethin und die Kerze*
W. Jenkyn Thomas: The Welsh Fairy Book, London o. J.;
übersetzt aus dem Englischen von Sigrid Früh und Marlies Hörger.

*Der Bauer und die drei Teufel*
Harry Jannsen: Märchen und Sagen des estnischen Volkes, Dorpat 1881.

*Das Kind, das dem Teufel verschrieben war*
Bernhard Baader: Volkssagen aus dem Lande Baden und den angrenzenden Gegenden, Bd. I., Karlsruhe 1851.

*Die Witwe und der Teufel*
Alexander N. Afanasjew: Narodnye russkie skazki, Moskau 1861;
übersetzt aus dem Russischen von Paul Walch.

*Das Teufelsweib*
Waldemar Kaden: Unter den Olivenbäumen, Süditalienische Volksmärchen, Leipzig 1880.

*Der Teufel und des Fischers Töchter*
Bernhard Schmidt: Griechische Märchen, Sagen und Volkslieder,
Leipzig 1877.

*Wie der Doktor Fauste zu Staufen vom Teufel geholt wurde*
Schauinsland, Freiburg 1879.

*Die Frau mit dem Satan im Bunde*
Friedmund von Arnim: Hundert neue Märchen im Gebirge gesammelt,
Charlottenburg 1844.

# Der hilfreiche Teufel

*Der Teufel und der Goldhahn*
Ludwig Strackerjan: Aberglaube und Sagen aus dem Herzogthum Olden-
burg, Oldenburg 1909;
Titel im Original: *Tischchen deck dich, Goldhahn und Knüppel aus dem Sack.*

*Der grünbärtige König*
Elisabeth Róna-Sklarek: Ungarische Volksmärchen, Leipzig 1909; mit
freundlicher Unterstützung der ungarischen Akademie der Wissenschaften.

*Die beiden Fleischhauer in der Hölle*
Joseph Haltrich: Deutsche Volksmärchen aus dem Sachsenlande in Siebenbürgen, Berlin 1856.

*Der Teufel als Advokat*
Gian Bundi: Märchen aus dem Bündnerland, Basel 1935.

*Der Teufel, ein Fürsprech*
Ludwig Bechstein: Deutsches Sagenbuch, Leipzig 1853.

*Des Teufels rußiger Bruder*
Kinder- und Hausmärchen der Brüder Grimm, Ausgabe letzter Hand,
Göttingen 1857.

*Des Teufels Hilfe*
Josef Halterich: Deutsche Volksmärchen aus dem Sachsenlande in Siebenbürgen, Wien 1882.

*Der Teufel als Schwager*
Otto Sutermeister: Kinder- und Hausmärchen aus der Schweiz, Aarau 1873.

*Des Schwarzenbergers Bekehrung*
Bernhard Baader: Neugesammelte Sagen aus dem Lande Baden und den angrenzenden Gegenden, Bd. II, Karlsruhe 1859.

*Der Teufel und der Drescher*
Ulrich Jahn: Volksmärchen aus Pommern und Rügen, Norden und Leipzig 1891.